著作权合同登记号　图字　01-2022-3292

图书在版编目（CIP）数据

写给L的十二封信/蒋勋著. —北京：人民文学出版社，2022
ISBN 978-7-02-017227-6

Ⅰ.①写… Ⅱ.①蒋… Ⅲ.①散文集—中国—当代 Ⅳ.①I267

中国版本图书馆CIP数据核字（2022）第103604号

责任编辑	樊晓哲　王昌改
责任印制	王重艺

出版发行	人民文学出版社
社　　址	北京市朝内大街166号
邮政编码	100705

印　　刷	北京盛通印刷股份有限公司
经　　销	全国新华书店等

字　　数	75千字
开　　本	850毫米×1168毫米　1/32
印　　张	6.625
版　　次	2022年7月北京第1版
印　　次	2022年7月第1次印刷

书　　号	978-7-02-017227-6
定　　价	65.00元

如有印装质量问题，请与本社图书销售中心调换。电话：010-65233595

目录

[新版序]《写给 L 的十二封信》二十年　　001

[2010 经典版序] 欲爱是走向疼痛的开始　　010

在 Ly's M 要离开的时候　　017

你一定无法想象——　　029

我们的爱没有血缘　　039

关于中世纪　　049

从遥远的地方来　　059

CONTENTS

帝国属于历史，夕阳属于神话　　　　073

水和麦子与葡萄都好的地方　　　　083

叫作亚诺的河流　　　　103

忧伤寂寞的一张脸　　　　117

肉身觉醒　　　　133

在波希米亚的时候　　　　159

CONTENTS

Ly's M，我回来了 169

尾声 185

[2010 经典版评述] 如伤口如花，爱情兀自绽放　　阮庆岳 188

新版序手稿

"欲愛書"是二十年前的十封信。談欲望．談愛。在那個還不普遍用電腦的年代，十封信都是手寫的。手寫的文字漸漸少了。連我自己，也好久沒有用手寫文字。在快速的平板電腦或手機裏書寫"欲望"書寫"愛"，究竟與用手一個字一個字書寫有什麼不同？

我因此一直猶疑．二十年後，重新出版昔日一個字一個字手寫的「欲愛書」有什麼不同的意義嗎？

「欲愛書」重新出版二十年紀念版，出版社的計劃是在二〇二〇年春天完成。世間對遇到新冠肺炎的世紀大流行，一兆人感染，三百萬人死亡，世界沒有一個角落倖免。我從倫敦落荒而逃，cancel 了所有的旅行計劃，一整年，調養身體，心臟放了支架，切除了一小片肺葉，膝關節復健...出版社的朋友耐心等待著我的「序言」，拖了整整一年，在身體的各種病痛中，忽然想：我能不能重新

拿起筆來，一個字一個字書寫
我久已不復記憶的欲望，
久已陌生如路人的曾年悸
動的愛。

拿起筆來時，一切都好陌生。
這些敲鍵盤時很容易出現
的文字，竟是这样複雜的結構。
「愛」，需要好多筆劃去完成，和
手机裏傳簡訊敲出的「愛」是
如此不同。

一個筆劃，一個線條，一橫，一豎
，一個小小的点，都必須用
心，耐心去完成。

也許被手机寵壞了，重新
用手書寫，原來自己的手和腦

3

都變得如此急躁。那些點、捺、撇、橫、豎……那些交錯的線條組織，久久不用，已經很陌生。僅僅二十年，我自己的身上流失了多少善待"慾望"善待"愛"的專心和耐心。

如果二十年前手寫的十封信還在，也許應該用手稿的方式出版。不是印刷的字體，而是用手書寫的，由一個筆劃都看得到慾望的焦躁、困惑、耽溺，也看得到愛的徬徨、滿足或虛無吧。

是的，我們活在一個錯綜複雜的世界，時間和空間相遇，無以名之的因果。像此刻手寫「欲望」或「愛」，筆劃艱難。習慣了手機之後我們還回得去那樣精微巧妙的結構組織嗎？

像刺繡或精密的編織，像我此刻身邊放著的敦煌「佛說梵摩渝經」的一千五百年前的手抄佛經。不是什麼書法名家，只是荒僻洞窟裡一個可能地位低卑的僧侶，一絲不苟地書寫著他心中的信仰。

「能分一身為十，十為百，百為千，千為萬，萬為無數。又能合無

5

散身,還為一身。……」

我嘗試抄寫,嘗試經驗一個一千五百年前信仰者在幽暗洞窟裏用柔軟的毛筆在紙張上一筆一劃的頓挫撇捺。呼吸和心跳都在筆劃間,那張粗糙的紙感覺得到毛筆書寫時的輕重,或困惑、或溫柔、或迷惘、或醒悟。

我們的「慾望」也可以如此嗎?我們的「愛」也可以如此嗎?

像幽暗洞窟裏僧人的修行,每一筆劃都那麼慎重。他用很深刻的線條寫下這樣的句子「——十億劫生死——」他真的相信這肉身有十億劫來的生死份量嗎?

6

永恆，究竟是什麼？

二〇〇〇年千禧年，許多地區在慶祝。人類的歷史遇到後面有三個「零」的年代並不多，上一次是一〇〇〇年。

我在日本看了一個驚人深奧的展覽，展覽的內容以一千年為單位，尋找不同文明延續超過一千年的物件，例如：紙，紙的使用超過一千年，而且還在使用。例如陶器，可能超過七千年或八千，也還在使用；例如農業，种植五穀，可能超過一萬年，也還在延續。

很有意思的展覽，提醒我和一千年對話。

工業革命還沒有一千年，火車、汽車沒有一千年，電燈沒有一百年。電腦、手機更短，它們會繼續成為一千年後的文明嗎？

我不知道。然而清楚看到包括自己在內，像手機在我們生活裏發生了多麼巨大的影響。

一千五百年前洞窟裏銘刻的「佛說摩訶衍經」或許很遙遠了。我在青年一代的臉書裏如讀佛經一樣讀到十億劫未

8

生死的份量。

對话。人与父親、母親的対话，人与兄弟姐妹的対话，与朋友的対话，或者，最终是与自己的対话。无论是任何形式，在古老文明裏的歌唱、舞蹈是対话，祭祀山川天地的儀式是和神対话，和日、月、星辰対话，和不可知的時间与空间対话。用那样长久孤独的対话使人類可以静々观看一群很晚的星群，观看它们的升起、移動、聚散、沉落…

巴比伦人这样观看，尼羅河畔、黄河岸边，恒河源頭、许多文明用超过一千年的时间观察天星。知道世纪的辗转，懂了自己生辰中标记的水平，天秤，魔羯，狮子……

知道每一颗星的状况和我们的关系，知道自己身体的呼吸关联着宇宙间的风雨雷鸣，候着每一日的日升月恒，关系着花开花落，在十亿劫中期候一个生命的生死流转。

所以，弓八十度要在20年后重新阅读写给4517

的十封信。

二十年，在"欲望"和"爱"却已鱼贯走失的时刻，凝视肉身，还可以在衰老中找到一具青春时的魂魄吗？

二十年，足足可以让菓實和穀物發酵，在封存的密密囚禁中温釀成芳香卻又可以遲遲渗漏的甘洌佳釀。

所以，心弦，我一字一字書寫，笨拙的線條。

突然遗忘了笔划的书写，这新版的序如此狼狈难堪，希望是十亿划来生致意的回响。

你的肉身压在且一你的欲望和你的爱，使一时亢奋了克伯制的肉体，一时悸动情了色禁的爱的缠绵，也还有机会燧完欲妄之非，可以伏在佛前，如一缕香烟缭绕呢？

新版序

《写给L的十二封信》二十年

...

《写给L的十二封信》是二十年前的十二封信。谈欲望、谈爱。

在那个还不普遍用电脑的年代,十二封信都是手写的。

手写的文字渐渐少了,连我自己,持续手写到中年,竟然也好久没有用手写文字了。

二十一世纪,在快速的平板电脑或手机里书写"欲望",书写"爱",究竟与用手一个字一个字书写有什么不同？

　　我因此一直犹疑，二十年后，重新出版昔日一个字一个字手写的《写给L的十二封信》有什么不同的意义吗？

　　《写给L的十二封信》出版二十年纪念版，出版社的计划是在二〇二〇年春天完成。但遇到新冠肺炎的世纪大流行，几亿人感染，几百万人死亡，世界没有一个角落幸免。我从伦敦落荒而逃，Cancel（取消）了所有的旅行计划，一整年，调养身体，心脏装了支架，切除了一小片肺叶，膝关节复健……

　　肉身衰老，青年时的"爱""欲望"，即使频频回首，还是愈来愈遥远。

　　出版社的朋友仍耐心等待着我的"序言"，新版"序"拖了整整一年，在身体的各种病痛中，忽然想：我能不能重新拿起笔来，一个字一个字书写我久已不复记忆的欲望，久已陌生的当年悸动的爱。

　　拿起笔来时，一切都好陌生。这些敲键盘时很容易出现的文字，竟是这样复杂的结构。

"爱"，需要好多笔画去完成，和手机里传简讯敲出的"爱"是如此不同。"欲望"也要一笔一画慢慢书写，没有速成。

一个笔画、一个线条、一横、一竖、一个小小的点，都必须用心、耐心去完成。"爱"和"欲望"都有好多细节。

也许被手机宠坏了，重新用手书写，原来自己的手和脑都变得如此急躁。那些点、捺、撇、横、竖……那些交错的线条组织，久久不用，已经很陌生，常常停顿，想不起来该怎么写。像疫情蔓延的世界，生活的速度被强迫停顿了。

仅仅二十年，我自己的身上流失了多少善待"欲望"、善待"爱"的专心与耐心。

如果二十年前手写的十二封信还在，也许应该用手稿的方式出版。不是印刷的字体，而是用手书写的。在手写的文字里，每一个笔画都看得到欲望的焦躁、困惑、耽溺，也看得到爱的狂渴、满足或虚无吧。

手写的文字原来是有人的温度的。

是的，我们活在一个错综复杂的世界，时间与空间相遇，无以名之的因果，像此刻手写"欲望"或"爱"，笔画繁难。如果掉进另一个因果，习惯了手机之后，我们还回得去那样精微巧妙的结构组织吗？还感受得到昔日"欲望"与"爱"的肉身温度吗？

像奥斯曼帝国最繁复的刺绣或精密的编织，像我此刻身边放着的敦煌《佛说梵摩谕经》，一千五百年前的手抄佛经。不是什么书法名家，只是荒僻洞窟里一个可能地位低卑的僧侣，经年累月，一丝不苟地书写着他心中的信仰。

"能分一身为十，十为百，百为千，千为万，万为无数。又能合无数身，还为一身……"

我尝试抄写，尝试经验一个一千五百年前信仰者在幽暗洞窟里用柔软的毛笔在纸张上一笔一画的顿挫撇捺。

呼吸和心跳都在笔画间，那张粗粝的纸感觉得到毛笔书写时的凝重，或困顿，或温柔，或迷惘，或醒悟。

我们的"欲望"也可以如此吗？

我们的"爱"也可以如此吗？

像阒暗洞窟里僧人的修行，每一笔画都那么慎重。他用很深刻的线条写下这样的句子"十亿劫生死"，他真的相信这肉身有"十亿劫来"的生死分量吗？

我们的"欲望"是"十亿劫来"，我们的"爱"也是"十亿劫来"。手机的软件如何理解"十亿劫来"？

永恒，究竟是什么？

二〇〇〇年千禧年，许多地区在庆祝。

人类的历史遇到后面有三个"〇"的年代并不多，上一次是一〇〇〇年。"千禧年"，我在日本看了一个发人深省的展览，展览的内容以一千年为单位，寻找不同文明延续超过一千年的对象，例如：纸，纸的使用超过一千年，而且还在使用；例如陶器，可能超过七千年或八千年，也还在使用；例如农业，种植五谷，可能超过一万年，也还在延续。

很有意思的展览，提醒我和一千年对话。

这么短促瞬间即逝的肉身如何和一千年对话。

仰望星空，那星空是"十亿劫来"的星空。巴比伦人看过，希腊人看过，尼罗河畔、黄河流域的人看过，很细心观察和记录那繁复星辰的移动、流转、升起，或陨落……

我们习惯的星座在巴比伦人的石碑上就已经镌刻注记了，那是纪元前的事了。

我们说的"现代文明"有多久？

工业革命还没有一千年，火车、汽车没有一千年，电灯没有一千年。电脑、手机更短，它们会继续成为一千年后的文明吗？

我不知道。然而清楚看到包括自己在内，像手机，在我们生活里产生了多么巨大的影响，影响着我们的"欲望"，也影响着我们的"爱"。

一千五百年前洞窟里留下来的《佛说梵摩谕经》或

许很遥远了,我在青年一代的"脸书"里如读佛经一样读到"十亿劫来"生死的分量。

对话,人与父亲、母亲的对话,人与兄弟姊妹的对话,与朋友的对话,或者,最终是与自己的对话,无论是任何形式,在古老文明里的歌唱、舞蹈是对话,祭祀山川天地的仪式是和神对话,和日、月、星辰对话,和不可知的时间与空间对话。那样长久孤独的对话使人类可以静静观看夜晚的星群,观看它们的升起、移动、聚散、沉落……

巴比伦人这样观看,尼罗河畔、黄河岸边、恒河源头,许多文明用超过一千年的时间观看天星,知道世纪的移转,懂了自己生辰中标记的水瓶、天秤、摩羯、狮子……

知道每一颗星的升沉与我们的关系,知道自己身体的呼吸关联着宇宙间的风雨来去,关系着每一日的日升月恒,关系着花开花落,在十亿劫中等候一个生命的生死流转。

所以，为什么要在二十年后，重新阅读写给 Ly's M 的十二封信。

二十年，在"欲望"和"爱"都已垂垂老矣的时刻，凝视肉身，还可以在衰老中找到一点青春时的魂魄吗？

二十年，足足可以让果实和谷物发酵，在封存的秘密囚禁中酝酿成芳香郁烈可以逼出泪涕的甘冽佳酿。

所以，Ly's M，我一字一字书写，笨拙的线条，突然遗忘了笔画的书写，这新版的"序"如此狼狈难堪，希望是"十亿劫来"生死里的回响。

你的肉身历历在目，你的欲望和你的爱，你一时悖动情不自禁的爱的缠绵，也还有机会赎完欲爱之罪，可以供在佛前，如一缕香烟缭绕吗？

一年的疫情，常常足不出户，征询了几位人体模特儿，有舞者，有特技表演者，有体操重训者，他们在我的画室，通常陪衬着中世纪基督教的圣歌咏唱，让我观察手机一代的肉身书写。

作为远离的青春的纪念吧，敬拜感谢疫情中受病痛与死亡的肉身,他们使我知道"十亿劫来",这刹那即逝的肉身还是如此华美,让我热泪盈眶……

2010 经典版序
欲爱是走向疼痛的开始

. . .

《写给L的十二封信》是一九九九至二〇〇〇年的十多封写给Ly's M的书信。书写时间长达一年，正好跨越二十世纪到二十一世纪。

时间像流水，在连续不断向前流动的水波上标记"千禧年"，也许并没有太大的意义。

但是我们在时间的大河里随波逐流，浮浮沉沉之际，的确会记得几个岸上特定的标记——也许是一棵姿态奇异的树，也许是一间轮廓有趣的房屋，也许是某一片特别翠绿又开了花的坡地，也许是恰好空中倒影斜过的一片流云，也许是逆流而上某一艘船上某一个人偶然的回眸。

"千禧年"是用一千年作单位给时间的标记，比一世纪长，比一个人的生命长，因此，遇到"千禧年"，我们庆幸、狂喜，又同时有说不出来的感伤。

不是每一个人都有机会遇到"千禧年"，所以我们庆祝，为了这难得的相遇。

《写给L的十二封信》是我"千禧年"的狂喜，也是我"千禧年"的感伤。

这本十多封书信装订起来的小书，这么私密，私密到只是写给某一个特定的人的话语，也许对其他人没有任何意义罢。

《写给L的十二封信》要重新改版出版，不知道对许多在"欲爱"里一样喜悦过、忧伤过的读者是不是有一点可以共鸣的部分？

"欲爱"这么私密，我们一直少有机会知道他人是不是也有过与我们一样的狂喜，或有过一样的痛楚。

"欲爱"时的等待、渴望，"欲爱"时的震颤、悸动、纠缠，"欲爱"时的大笑与大哭，"欲爱"时的眷恋与愤怒，"欲爱"时像重生与濒死一般的燃烧与撕裂的痛。

"欲爱"是什么？

是肉体吗？

是头颅？是一绺一绺的头发？

是宽坦的额骨？是眉毛？是黑白分明的眼睛？

是温热潮湿的鼻腔的呼吸？

是丰厚柔软的唇？是曲线优美的颈脖？是婉转曲折如花瓣的耳朵？

是浑圆的肩膀？是腋窝里毛发间如此神秘的气味？

是饱满喘息的胸？强硬的锁骨？是高高凸起的如岩石板块的肩胛？

是闭着眼睛可以用手指一一细数的一节一节的脊椎，指间熟悉每一处细微的凸凹，像虔诚信徒每日不停细数的念珠。

我的"欲爱"里都是你身体细节的记忆。

是充满弹性的手肘、臂弯？是一根一根有千变万化可能仿佛诗句的手指？

是那腰与腹部呼吸时像波涛的起伏，推拥着我到意乱神迷的地狱或天堂？

是如此隐秘复杂的肌理，如永不可解开的绝望密码？

"欲爱"究竟是什么？使人不可自拔于其间？

是大腿偾张的力量？是膝盖组织繁密纠缠的筋脉？是小腿足踝承当的重量？是脚掌足趾弓起弹跳的变化？

身体的"欲爱"在哪里？

我们在啼笑皆非悲欣交集的荒谬错愕里想仰头向上苍乞求赦免，赦免我们饮这一杯甜酸苦辣的"欲爱"之酒。

柏拉图在《会饮篇》里说了希腊众神的"欲爱"（Eros），说了那最古老的"欲爱"的符咒——人是不完全的。

人注定了不完整，人也注定了"欲爱"的诅咒。

希腊的"欲爱"是神话,我们可以不信。

希腊的"欲爱"却也像诸神在宇宙之初下的诅咒,人类因此难逃劫数了。

因此要呼号乞求赦免吗?

《写给L的十二封信》写完,我才知道我要的不是赦免,而是更大的酷刑。

我紧紧拥抱一具肉体,在一千年的时间里,知道那拥抱再紧,都将只是虚惘——

浓密的毛发会脱落,饱满丰润的肌肉会萎缩消瘦,腐烂化为脓水,化为泥尘;坚硬的骨骼会断裂,风化散成空中之灰——

所有肉体的温度都将冰冷如亘古之初——

Ly's M的足趾一点点断裂的痛都使我惊慌心痛——

"欲爱"正是走向疼痛的开始。

害怕疼痛的,不要阅读《写给L的十二封信》。

二〇一〇年五月六日　八里淡水河畔

在分开的时刻，
我才有机会
深刻地感觉你
存在的意义。

在 Ly's M
要离开的时候

. . .

在 Ly's M 要离开的时候，我决定要以一年的时间完成一本书，这本书开始撰写的时间是一九九九年的一月十一日，结束的时间将会是二〇〇〇年的一月十一日。

听说，"千禧年"是一千年碰到一次，一千年有多长？比我们的一年长吗？我的"爱""欲"是一千年一次的记忆，但我只留下这一年的信，跨在一千年的交界，一年的日升月沉，一千年的日升月沉。

手中的杯子

Ly's M，在你从出租车下去的一刻，我感觉到你的手从我的手中移开，感觉到一种体温的消失。我说："我不下车了。"

我从移动的车子里，透过窗户，看你走进捷运站。

我不能想象你去了哪里，我只是记忆着我的手掌中那奇异的感觉。我动了动手指，又把手掌尝试握起来，回忆你的手在我手中的形状、温度，以及轻轻搔动的感觉。

曾经存在的，如今不存在了。

我必须依靠记忆去追溯那些存在。

好像我的手中原来握着一只杯子，很精美的玻璃杯。我握在手中把玩着、旋转着、摩挲着，感觉杯子在手掌中的形状、重量、质感、温度；感觉着一个空间，一个等待被充满的空间。

然而，刹那间杯子掉在地上，摔碎了。

那是我小时候的一次记忆。

大哥从他工作的饭店带回一只高脚的玻璃杯。非常优美的弧度,在口缘的部分镶饰了一圈细细的金线。透过灯光,薄薄的玻璃反映出复杂华丽的光。

我把玩了许久。在大人们都不在家的时候,独自一个人,玻璃杯仿佛是童话中的一只神灯。

然后失手,玻璃杯掉到地上,摔碎了。

期待的空间是会破碎的,像我们的宇宙。

Ly's M,你可以想象吗?一个孩子的绝望和沮丧。

我怎么会把这么美丽的杯子,这么完美的空间摔碎了。

我看着脚下一地的玻璃碎片,完全不能相信这是已经发生的事实。

怎么可能,我这么爱恋、珍惜的东西,怎么会失手掉落了。

我在惊慌、悔恨,完全无助的恐惧里,低下头,试着捡起那些碎裂的玻璃片,有些还辨认得出形状和部位,口缘细细的金线和弧度,使我还意图依照记忆中的形状,把这些碎片重新拼接起来。

我拼着拼着,那些碎片,好像找到了它们原来的位置,但是,再也黏合不起来了。我尝试把两片玻璃断裂的裂口靠在一起,好像希望它们记忆起曾经在一起的样子;甚至加重一点力量,好像希望它们愿意重新黏合。

但是,碎片是再也连接不起来了。

Ly's M,你可以想象一个孩子无助的哭泣吗?

他终于知道碎裂的杯子是无法再连接起来的,如同他开始知道生命中将有许多碎裂之后无法再弥补缝合的遗憾。

我的手中,曾经拥有过杯子,杯子碎裂之后,我的手,记忆着杯子的形状;如今,我的手,记忆着你的手的形状、重量、温度、动作。

我失去了你吗?像我曾经失去的杯子。

在你离去的时刻,我想借记忆的碎片重新把你拼接起来。

我不会再是那个面对着碎裂杯子无助哭泣的孩子。我开始相信,每一个记忆的碎片都如此完美。它们分裂开来了,像是同一束稻穗上每一粒被分离开的种子,要单独成为完美的生命。它们各自独立,仿佛一串项链上每一个小小的环结,它们是各自完美的;仿佛项链上的珍珠,每一粒都各自是圆满的。

Ly's M,我要从你的离去中领悟圆满。从你的手从我的手中消失开始,认真记忆曾经真实存在的满足和快乐;从你在捷运站消失的一刻,我的视觉,有了新的想念和等待。如同我的双手,在冬天的寒冷里,记忆着曾经拥抱过你的躯体的饱满与富足。

我的视觉里有你具体的形貌,我的听觉里存留着你全部的声音,我的嗅觉中有你挥之不去的气味。我仍然记忆着你全部身体和精神的质感,那如细沙在海的浪涛中缓缓流动的宁静与稳定的力量,Ly's M,你的心跳、呼吸,你脉搏轻轻的颤动,都不曾消失。它们只是以另一种方式,另一种存在的形式,重现在我生命的每一个角落。

存在只是不断在改变存在的形式,却从来不曾真正消失。

Ly's M,你的存在,我的存在,都一直在改变中;我在最眷恋你的身体的时刻,同时也清楚地知道,这身体,如同童年时在我手中失落跌碎的杯子,这个身体,也是脆弱而且将要改变的。

一个人的身体,可能会发胖,变瘦,可能因为病变而扭曲,可能在时间中慢慢衰老。光滑有弹性的皮肤将出现皱纹;饱满宽阔的胸膛,可能下垂塌陷;挺直强健的腰背,可能弯曲伛偻;轻快敏捷的步伐,可能变成老态龙钟的艰难的移动;温暖的身体逐渐变冷僵硬;甚至,原来热情充满好奇梦想的心,可能逐渐在一而再的原地踏步中变得疲惫、重复,保守而且沮丧;甚至,原来灵活充满新奇想法的思维,也可能老化,呆滞迂腐。

Ly's M,我将在你身体巨大的碎裂与改变中认真了解我眷恋你,热爱你的原因。

我们是在永恒的毁灭中，以及无时无刻不在进行毁灭的时间中相遇与相爱。

我在那些玻璃的碎片中凝视你的完美，凝视你不断改变的形状。

我要在碎裂的破片和我自己泪水的模糊中，努力看清楚你存在的本质。

我要通过巨大的毁灭，看到一切你可能改变的形貌，认真找到我仍然可以辨认你的方法。

你变胖了吗？你变瘦了吗？

你沮丧或绝望了吗？

你行动艰难了吗？你失去好奇与梦想了吗？

Ly's M，在分开的时刻，我才有机会深刻地感觉你存在的意义。在你物理存在的形貌破碎而且消失之后，我才有可能在那破碎与消失的背后，重新建立起爱你的真正意义。

"我爱你。"

我对着你消失的捷运站入口这样在心底轻轻呼唤。

我想，在人来人往的车站入口，在拥挤而且杂乱的人群中，我如何能重新找到你；在时间一点不肯停留的毁灭中，我如何可以在未来见面的时刻仍然一眼认得出你来。

我们在挑战毁灭。

还有这么多碎片可以一一拼图，我们并不是一无所有。

在分开的时间里，你将经历的改变，和我将经历的改变，都无法预知。所以，我们什么都无法预言和承诺。

如果我呆滞而且迂腐了；如果我在庸俗化的功利社会里变得冷漠而且无情了；如果，我不再怀抱着对生命热切的好奇和梦想；如果，我变得自大而且自私，停留在原地，不再阅读与吸收新的知识，不再学习如何更积极地热爱或以行动关心我所存在的世界……

Ly's M，我不要我们的爱成为堕落和停滞的借口。

因此，我承诺给你的爱，是在分离的时刻，借着对你的一切记忆，建立起自己对完美、健康、开朗、善良与智慧更大的信仰。

在我们的身体变成许多破裂的碎片之后，Ly's M，我们要在几乎无法辨认的碎片中重新寻找对方，也寻找自己。

一九九九年一月十一日　八里

在分离的时刻,
思念你,
忧愁如此,
喜悦也如此。

你一定
无法想象——

. . .

Ly's M，你一定无法想象，我坐在多么明亮灿烂的风景面前，想念你，并且把这样美丽的风景细细地向你描述。

我的面前是一条河流。这条河流由南而北，贯穿整个城市。它流经的区域，曾经因为船只的聚集，商贩运送囤积货物，逐渐形成几个繁荣的河港市镇。

最初居民的语言把运送货物的船只叫"艋舺"，"艋舺"就成为最早港口的名称。

但是，日子久了，也由于河流的淤积，使大的船舶无法通行停靠，更由于陆地交通的发达，终于使这些依赖河流兴起的市镇又一一日渐没落，河流的航行，最终，也长久废弃。

河流在最近半世纪已失去了运输功能，被遗忘在商业冷落萧条的地区，加上河流淤积后水患泛滥，人们便用高高的水泥堤防围堵，因此，除非在比较高的地区，或爬到堤防顶端，否则是不容易看到河流的。

但是，很少人知道，这条河仍然是美丽的。

在流经四面环山的盆地都市之后，河流在北端的两座山脉之间找到了一个出口。两座山都庞大高耸，东边的一座雄壮厚实，西边的一座比较尖峭秀丽。河流蜿蜒流转，流经一些浅缓的沙洲，来到两山之间，忽然有了浩荡的气势，决定要进入大海了。

Ly's M，你可以想象河流要进入海洋时的踊跃兴奋吗？

好像年少时憧憬着未来壮阔生活的喜悦欢欣，我坐在河边，眺望大河水波汹涌浩荡，好像在眺望展开在你面前未来生活无限的憧憬。

你憧憬过生活吗？

从幼小的时刻，背着书包走去学校，坐在课桌前，听着教师口中的话，憧憬着各式各样新奇的知识。

或者在中学时代，因为生理的发育变化，有了对肉体存在的莫名喜悦与忧伤。在操场上奔跑跳跃的身体，在陡斜的坡道上以全力将脚踏车冲刺上去的身体，在球场上挑战各种高难度动作的身体，感觉到骨骼在运动中承担的重量，感觉到肌肉收放的极限，感觉到内在的器官在剧烈扇动循环，心跳与血流的速度急促而且节奏鲜明；这个身体，好像在山峦间刚刚发源的急湍，在乱石间奔窜推挤，好像是过度旺盛的精力无法拘束，要迫不及待地奔向前方，去看一看前面更壮阔的风景。

你这样憧憬过未来吗？

感觉到在大量的运动中逐渐开阔的肩膀与胸膛，感觉到肺叶有了容纳更巨大呼吸的容量与空间，感觉到身体中每一个细胞在新陈代谢中更换的力量,感觉到旧的死灭,与新的诞生,生命为着所有新生的部分雀跃欢呼。

Ly's M,即使在我将逐渐衰老的时刻,仍然无限喜悦地看着你在憧憬未来生活的灿烂光亮。

我要和你说的河流,是在经过了两山夹峙的隘口之后的河流;一般人称呼的"出海口"的位置。在比较高的附近山丘上,可以看到长长的河流,到了这里,忽然有一个喇叭状的开口,好像河流张开了双臂,迎接浩大的海洋。

不知道河流,一条长长的河流,到了出海口,会不会忽然想念起它的上游,那在远远的山峦间踊跃欢欣的样子,那像老年时仍然有少年憧憬着未来的壮阔时的自信乐观。

然而,在这里,河流是特别安静的。

在你离去的时刻,Ly's M,河流对我有了不同的意义。

我一整天坐在河边,计算潮汐上涨和退去的时间。

涨潮的时候，蓝色的海水一波一波涌入，有一种不容易察觉的"吵""吵"的声音，非常安静，却又非常持续而且确定。蓝色的海水和比较含黄浊泥沙的河水，一缕一缕，交互缠绕回荡。

我以前没有这样看过海河交界的潮汐，它们的交缠波动，像一种呼吸，像一种爱恋，像渴望对方的身体，渴望抵抗，又渴望被征服。

潮汐竟是海洋与河流亘古以来不曾停止的爱恋吗？

在满潮的时分，水波一直漫到我的脚下，鼓动汹涌的浪涛发出"啵""啵"的声音。

我想引领许多恋爱中的人来看这涨满时的潮汐，使他们看到巨大的满足中盈满泪水的喜悦，而那喜悦里也饱含着不可思议的忧伤啊！

原来忧愁与喜悦是不可分的。

Ly's M，在分离的时刻，思念你，忧愁如此，喜悦也如此。

在潮水涨满之后，"啵""啵"的声音开始消退了，那不易察觉的"吵""吵"的声音再次起来；是潮水在河滩沙隙逐渐退去了。

潮水的上涨或退去，只是一种现象的两面，也许并没有忧愁，也没有喜悦。

我似乎希望自己以这样的方式看待生命，只是还不时有情绪的干扰与骚动罢。

在退潮的时候，才发现天空原来密聚的云层已经散开，在云隙间露出了明亮的蓝色晴空。在寒冷的冬季，这样的阳光使人温暖，而且，河岸对面的山头，也因为阳光的照耀，从灰墨色转成苍翠的绿色，山头上树丛的明暗层次也越发清晰了。

季节和岁月使山河有了不同的容颜，使许多原来沉重的心变得轻快开朗起来。

我应该告诉你云隙间阳光的美丽。或许你在遥远的地方，也可以这样凝视一座我看不见的山头，看到山头上蓝色的天空，看到山头上树丛在风中轻轻摇曳，看到云移动时在山峦上映照着的影子，看到山脚下一些整齐安静的房舍，看到人行走在山路上。

Ly's M，因为对你的爱，使我可以这样在季节和岁月里观看山河、星辰、天空与大地，观看一些远远比忧愁与喜悦更广大的事物。

潮水退去之后，河边露出了非常宽广的河滩。在湿润的泥土里有一些招潮蟹在蠕动攀爬。它们是很卑微的生物，密密麻麻，可以想见它们有很强的繁殖的能力，形成它们生存的方式。因此，我不禁反问自己：为什么要用"卑微"来形容它们？

有任何一种生存是应该用"卑微"来形容的吗？有任何一种我们不了解的艰难的存在是应该被视为"卑微"的吗？

有白鹭鸶飞来，轻轻扇动翅膀，停栖在河滩上。白鹭鸶姿态轻盈，它雪白的羽毛在脏污的河滩上也更显洁净明亮。白鹭鸶优美地行走着，有时停下来，用长长的喙叼啄四面奔逃的招潮蟹。

也许要在河边坐久一点，才能发现，招潮蟹的"卑微"和白鹭鸶的"优美",只是两种不同的生存方式罢。

许多在诗文或图画中歌咏白鹭鸶的艺术家,也许无法完全了解,白鹭鸶不是为了风景的美丽而来,而是为了觅食退潮后四窜奔逃的招潮蟹而来的。

是不是因为你的离去,Ly's M,我竟看见了美丽的山河后面隐藏着残酷的杀机?

有小船驶来,马达声划破寂静,我直觉这船是为捕鱼而来,但也即刻对自己如此恶意的推理厌烦了。

河流似乎在漫漫长途的修行中,学习和自己对话,学习和两岸的风景对话,学习在出海的时刻,能够接纳海洋的澎湃浩瀚。

我也只是在学习的中途。

在一个冬日变晴的下午,可以因为你的离去,静坐在河边观看潮汐的涨退,观看自己的喜悦,也观看自己的忧愁。

也许，没有一种爱，能替代孤独的意义。

我们的
爱没有血缘

. . .

　　凌晨大约五时，飞机开始降落。我拉开窗，外面墨黑一片。忽然想起登机前故乡华美灿烂的夕阳，那沐浴在南方近赤道的海洋中的岛屿，那里即使在冬季都温暖如春的气候，繁茂葱翠的植物，以及你——Ly's M。

　　我带着对你的深深的思念到这北国寒冷的大陆。

　　来到这样遥远的地方，好像是要知道多么思念你，又多么需要孤独。

"这会是矛盾的吗？"有一次你这样问。

是罢，也许，没有一种爱，能替代孤独的意义。

我背着行囊，走过清晨空无一人的机场。这个机场是重要的转运站，许多来往于世界的旅客和货物在这里集中，再转送到其他城市。

机场的建筑是钢铁支撑的结构，呈现着现代科技与工业的严谨精确；一些冷白的灯具使巨大而空无的空间看起来越发荒凉。

许多输送的钢质履带，一旦有人靠近，电脑控制的感应器打开，你就可以站在履带上，感觉到一种缓缓运送的力量，感觉到科学和工业的伟大，也感觉到在精密的科技设计中怅然若失的空虚之感。

"也许是因为清晨罢——"

我这样安慰自己。偌大的机场，除了少数从远处转机来的乘客，几乎整个机场是空的。一些卖钻石珠宝、烟酒，或乳酪、鱼子酱的贩店也都还没有开始营业。

我好像站在缓慢移动的履带上浏览一幕原来繁华热

闹却已经结束了的戏,繁华变成一种荒凉。

"有人吗?!"

我好想对着那些满是装饰的华丽橱窗叫唤,看能不能从荒凉的界域叫出一些人的温度。

Ly's M,好像那天看到你穿着刻板拘谨的衣服,像一个习于规律的公务员坐着,我觉得同样的荒凉,有一种冲动想剥除去那些外衣,看一看里面是否还存在着我曾经深爱过的有体温的身体,有思维与有情感的身体。

任何一种文明,任何一种繁荣,若是失去了人的温度,只是另一种形式的荒凉的废墟罢。

是那么具体的人的温度,使我确定可以热爱自己,热爱生命,可以行走于艰难孤独的途中,不会沮丧,不会疲惫,不会中止对未来的梦想与希望。

机场建筑钢铁的结构里嵌合着大片大片的玻璃。玻璃的透明和微微的反光,使巨大的空间充满着各式各样真实与虚假的幻影。

停机坪上停着无数仍在沉睡中的飞机。

不知道它们是否也做着将要起飞的梦？

承载着因为不同目的而来，又到不同地方去的旅客。

我要去的地方，似乎并不是一个目的，而更像是一个借口。

我真正的目的只是一种无目的的流浪罢。

我想真正知道孤独的意义。

我想知道，一艘船，没有了码头与港湾，没有了绳缆，是否仍具有一艘船的意义。

一艘船必须首先知道它是纯粹独立的个体，它并不属于码头，也不属于港湾，它也同样不属于海洋；但是，当它认识到了自主与独立，它才可能选择码头，选择港湾，或选择海洋。

因为时差的关系，我确定了自己所在位置的时间，然后推算出故乡的时间。我推算这个时间你在哪里，做着什么事，在聆听着一门新的功课，或正学习着搏击的技术。Ly's M，其实是因为孤独，我才珍惜了思念与牵挂的意义。

我扬帆出发的时候，知道远处陆地上有我眷爱关心的生命。我的父亲、母亲，我的兄弟、姊妹，许多血缘更远的亲族，或甚至我亲爱的伴侣与其实十分陌生的一两面之缘的朋友。

但是，血缘仿佛一种大树的分枝，如同我们在某次旅行中看到的大榕树，不断延伸出气根，气根接触到地面，吸收了水分，又长成新的树干，仍然用同样的方法向外扩张。记得吗？Ly's M，在你从那庙宇中祭拜出来的时候，你张望着蔓延如巨大的伞盖般的大树，发出了赞叹。

Ly's M，或许你渴望着成为大树的一个分枝罢，成为那紧密的家族血缘伦理中不可缺少的一员。

然而，我也许是那从大树飞扬出去的一粒种子。

我确定知道自己在土地上有血缘的牵系；但是，我是一粒新的种子，我要借着风高高地飞起，要孤独地去寻找自己落土生根的地方。我最终或许是属于土地的，但我要先经历流浪。

你可以了解一粒种子寻找新的故乡的意义吗？

因此，看起来是背叛了家族，血缘，当我孤独离去的时刻，我知道自己的背叛其实是为了荣耀新的血缘。

我曾经凝视父亲，像凝视一名陌生的男子，我也同样凝视母亲，如同凝视一名陌生的女子；是的，Ly's M，在他们成为我血缘上的父亲和母亲之前，他们首先是一名男子和一名女子。

我要在告别血缘的家族之前，用这样的方式重新思考家族的成员，我的父亲、母亲，我的兄弟、姊妹，以及那些血缘更远的亲族。

长久以来，人类尝试用血缘建立起的严密的伦理，一种抽象的道德，"我们爱父亲"，"我们爱母亲"，"父母爱子女"，这些出发于血缘的伦理，转换成社会道德，也转换成法律，在许多社会，"不孝"是可以被法律具体的条文严厉惩罚的。

我们还没有能力从血缘以外寻找另一种人类新道德的动机吗？

我不知道，Ly's M，在我从心底轻轻向你告别的时刻，我看着冬日雨水洒落在绿色的植栽上，绿色的叶子仿佛十分欢欣地震动着，迎接雨水的洒落。我在想：关于雨水和树叶的血缘，关于海洋和河流的血缘，关于天上的云转换成雨水的血缘，关于阳光和土壤，腐烂后的枯叶和苔藓，关于伤口和痊愈，关于争吵与原谅，关于遗忘与记忆——

Ly's M，我们的爱是没有血缘的。

我觉得，你是我遗忘了好几世纪的子嗣，在各自漂流的途中，因为一些身体的温度，彼此又重新记忆起了对方；我觉得，我曾经多么长久亏欠对你的关心与照顾，在流转于巨大的轮回的孤独中，凭借着你忧愁的容颜，记忆起了我的允诺和责任。我觉得，多少次身体化为灰，化为尘土，在无明阒暗的世界无目的地飘飞，却终于知道，自己在那么微小的存在里，仍然如一粒种子，藏着一个可以重新复活的核心,在你来到的时刻,准备萌芽,准备在一个春天开出漫天的花朵。

在那个季节,我许诺给你爱与祝福。

真正的爱应当是一种成全。

一九九九年一月廿四日　阿姆斯特丹

我用古老的书写，努力使我对你的爱有更多具体的细节。

关于中世纪

. . .

  今天去了一家 Internet Café。在叫作玛黑区的东边，一间十九世纪末铸铁的老建筑里，一楼是咖啡店，闲置着一些桌椅，墙上陈列着一个年轻画家的作品，以油料和沙土混合，画面看起来像一种旷野和废墟，使我想起德国的 Kiefer，只是气魄小了一些。

  一楼的大厅设置了银幕、投影机，有歌者和诗人演唱或朗诵诗作。在喝咖啡的客人彼此交谈喧哗的声音中，陆续听到诗人和歌者片段不易辨认的一些单字：忧愁、青春、美丽或爱……

一些人类在几千年的诗句中重复着,却似乎仍然没有真正完全了解的单字。

Ly's M,我觉得距离你如此遥远,仿佛我曾经具体触摸拥抱过的身体,都转换成抽象的思维;我们可以长久这样抽象地去爱恋或思念一个人吗?

我在充满了现代感的 Internet Café 里用古老的书写方式给你写信,年轻和我同去的 T 已经跑上三楼,在网络上查询他的电子邮件了。

也许,不是书写内容改变了,而是书写的形式改变了。

我用古老的方式书写下的爱或忧愁,装在信封里,贴上邮票,经过好几天的递送,最后交到你手中,和你打开电脑,在很短的时间和世界各个角落的爱或忧愁的沟通,会有很大的不同吗?

人类依然寂寞着,忧愁着,渴望爱与被爱,从那古老的在树皮、动物的甲骨上书写的年代,一直到今天,可以快速地在网络上交换寂寞与爱的讯息。内容或许并无改变。

Ly's M，在你长时间耽读着网络上的讯息，传送着你欲望的寂寞，你也迅速接收到来自雅典的、洛杉矶的、世界各地的寂寞，是否，你可以借此更充实了爱与被爱的渴望？

我无时无刻不渴望着听到你的声音，看到你的容貌，感觉到你的存在，拥抱你与依靠你。渴望我的声音和书写可以更快速地使你知道；在这个科技的城市，愈来愈多设置了网络传输系统的咖啡店或商店，满足人们"渴望"的速度。

但是，我不确定，我的"渴望"，是否应该寻找更缓慢的传送方式。如同我古老的书写与图画，可以在渴望你的同时有更多思维，更多眷恋的细节，可以借由这些书写与图像，使可能变得抽象的概念重新有了具体的内容。

Ly's M，我用古老的书写，努力使我对你的爱有更多具体的细节。

在电子的讯号里，爱将如何被诠释？寂寞将如何被安慰，渴望将如何被传递？

Ly's M，电脑的荧幕视像里我找不到我曾经经验过的你的颈部到肩膊到背肌微微起伏，一直到精细变化的腰际那一根不可取代的美丽的线条。

也许，快速的资讯，降低了爱与渴望的重量，减少了眷恋与思念丰富的细节与质感。

Ly's M，我在浩瀚的时间与空间里渴望你，如同数亿世纪以来星空的对话，我对你的爱遥不可及，渴望也遥不可及，我珍惜这样的爱恋与忧愁，仿佛定位成星宿，便要以星际的距离来计算岁月了。

你有次笑着说：洛杉矶的那位警察网友传输来了自渎的画面。

也许，那不是好笑的画面罢，为什么，我感觉着欲望如此被轻视糟蹋的深深的悲哀。

我们可以使欲望有更贵重的内涵吗？

Ly's M，你会如何去看待自己的欲望？看待自己在欲望中的寂寞，寂寞时如何用最卑微快速的方式解决欲望？甚至常常混淆着爱与欲望的界限，使欲望混乱着可以更恒久的爱与思念，使欲望变成急速泛滥的讯号，透过最快速的传输管道，使城市与城市之间，使国家与国家之间，使孤独的个体与个体之间，似乎只剩下在各自不能解决的寂寞中泛滥而不可遏止的巨大的欲望的喘息。

那些讯号，即使可笑，仍然是寂寞与渴望被爱的苍凉的讯号。

在T看完他的电子邮件之后，我说："我们去中世纪博物馆罢。"

这个游客不多的博物馆，有一些僻静的角落，陈列着十二或十三世纪某一个工匠花费数年的时间制作的一块织毯，一件金属镶嵌宝石的精细华丽的盒子，或一件用象牙雕刻出来的有关宗教殉难的故事。

正巧有来上课的小学生。十几名学生，由一名老师带着，席地而坐。老师是二十几岁的年轻人，蓬松的长发，牛仔裤，蓄了胡髭，戴着一只银耳环，很有耐心地和学生们讲解有关中世纪贵族世家的织绣家族徽章，说明这些徽章的重要性。

学生们有些很认真地抄笔记，有些彼此嬉闹着。一名长发的女生发现老师牛仔裤前裆拉链没有拉好，吃吃笑着，指点给其他学生看。

在这个安静的博物馆，Ly's M，我想念你，如同人类漫长的手工业时代，用他们的手，制作出精美的器物工具，用他们的手，纺织出美丽的花纹，用他们的手，在木块上雕镂出细密的图案，用他们的手，把金属敲打出精确的造型，用他们的手，琢磨出灿烂华丽的宝石。Ly's M，我用手工的书写思念你。把思念和爱编织成最繁复的花纹，在悠长缓慢的岁月里，很安静地去完成一件作品，对自己的一生有重要的意义，如同那些原来被粗糙的璞石包裹的晶莹的玉，经过天长地久的琢磨，才一点一点透露出了它们内在潜藏的光辉；我如此珍惜对你的思念，如同珍惜一片金属，我必定要有更多的爱，才能在上面镂刻出更精细繁密、更无瑕疵的故事。

中世纪，也许并不是人类历史上的一个阶段，中世纪是人类对自己的手有着深刻信仰的不朽年代。工业革命之后，我们自大骄傲地鄙弃了手工，视手的工作为一种落后，那么，随着手工而去的也就是生命信仰的价值了罢。

在这科技快速的年代，我愿意在一个安静的角落以手工书写的方式记录、编织、镂刻、镶嵌出我全部的爱与思念，我把这样的思念当成一种信仰，用来完成我自己的生命价值。

Ly's M，这是一个比故乡更先进的工业与科技的城市，但是，我仍然找到了这样安静的角落，借着窗隙透出的阳光，在我的笔记上书写我对你的爱。那些窗扇，用彩色的玻璃切割，以铅条固定，再用手工细细地染绘。在透过光的照射之后，彩色的玫瑰璀璨如珠宝；但是，在那些炫丽的彩色背后，我仍然可以一一阅读出中世纪人类共同信仰的故事，那些一再被重复的关于生命的故事：预告与诞生，朝拜与歌颂，屠杀与灾难，逃亡与祈福，受洗与修道，逮捕与鞭笞，受难与死亡，埋葬与复活……

Ly's M，年轻的T，拿出了素描本，对着一尊十二世纪的受难木雕像细细描绘了起来。那样平静的肉体，微凸的胸肋，微微凸起的小腹，细瘦而有力的手臂，安详而又有点悲悯的头，垂挂在胸前。非常洁净的人体，没有欲望的夸张，没有情绪的夸张，却是以最静定的方式透视着生命的现象，Ly's M，我盼望以这样的方式爱你与思念你。

一九九九年一月三十日　巴黎

在你爱一切人和事物之前,应当首先热爱自己;使自己饱满而且完全。

从遥远的
地方来

. . .

  C来了，从很遥远的地方来，我们和T会合，彼此拥抱，非常快乐，一旁走过的行人也频频回头，微笑欣赏或祝福。

  友谊是使人愉快的，Ly's M，为什么我总觉得你缺少友谊，缺少在血缘的亲情与爱欲的伴侣之外另一种看来比较平淡宁静，但也往往更长久稳定的情感。

  C的展览刚刚结束，认真地工作了一阵子，觉得可以放松一下，也知道我在这里，便飞来相聚了。

T 正准备国外深造读书的申请，利用这个空当，准备在这里看美术馆，沿途做一些写生。

我也许是为了孤独而来，为了在一个遥远的地方思念你。Ly's M，但是，我们在这里相聚了，有一点偶然，因此也格外兴奋。

T 背着很重的行囊，一种重装备，可以行走在长途上不虞匮乏的样子。使我想到自己年轻的时候，也是背着这样像战士一样的帆布背包，一走就是一两个月。

紧紧拥抱之后，我发现他的身体微微发热，有些担心。

"感冒了。"他说。

也许的确是因为年轻罢，连旅途中的生病似乎也可以一笑置之。

我为他要了热水，让他舒服地靠在枕上，让他喝含维他命 C 的果汁。

这便是友谊的幸福吗？

T 极满足地微笑着。

他其实经历了一个比较奇异的旅程。第一次独自远离家人,第一次独自到一个完全陌生的地方。他有着这个年龄一定有的好奇,想要试探一切未知的事物。白天他戴着毡帽,围着毛围巾,裹着厚大衣,坐在寒风呼呼的河边做一些建筑写生;他素描的笔触细腻温柔,有一种深情的专注与耐性。

"那一张是画飞机上看到的夜晚的印度。"他把素描本翻到那一页。

用原子笔画的一张素描,刚看看不出什么。只是一片墨黑,很细密而且重叠交错的线,层层交织。原子笔渗出的油墨和纸张摩擦,产生像绒布一样沉厚的效果。慢慢看,发现在一片墨黑里透露着星星般的光点,可以感觉到在很遥远的距离里看到的灯光的闪烁。

"是灯光吗?"我说。

"是。"T回忆着说,"经过印度的上空,在一大片黑暗里,一些碎碎的灯光,不特别明亮,甚至是安静的灯光。"

T微微发热的年轻的脸庞上有着柔和的表情,额上渗着汗珠,在昏黄的室内的台灯映照下,细细的汗珠也像黑夜从高空看到的古老土地上的村落灯光，像一种讯息，也像一种信仰。

Ly's M，我如此分享了T在黑夜高空上那一时的喜悦，也分担了那一时他的孤独与忧郁罢。

我的视觉游移在素描本上那一页墨黑的笔触间，好像每一个最细小的笔触里流露的心事我都可以懂，都可以阅读和分享。

那是一种饱满的幸福的感觉，在我远离你的时刻，Ly's M，我也深深记忆着和你依靠着，听你阅读、听你把生活中的事娓娓道来的幸福。

T在夜晚时独自去了许多小酒馆，一些可以喝酒，跳舞，可以和陌生人攀谈相识的地方。

我们对那样的地方都不陌生。

在一个浩大的城市里，使寂寞和孤独的人觉得可以寻找到爱或友谊的地方。

我们习惯把爱与欲望分开。我们或许习惯于贬低或排斥欲望。但是，在T走去那些酒吧的同时，我在想：

对爱和友谊的强烈渴望，会不会也是一种欲望？

欲望成为在陌生的城市认识陌生人的重要动机，这样的欲望，是否一定与爱与友谊对立或不相并存呢？

Ly's M，昨天 T 回来得很晚，我已在想念你的温暖中熟睡了。

也有一些惦记和担心在寒冷的异国的夜晚 T 的遭遇。

第二天清晨，大约八时，我推开窗，听 S 河潺潺缓缓流去的声音。向右边眺望，古老的教堂钟楼上有特别明亮辉煌的晨曦。我深深呼吸了一次这冬日清晨寒冷但是却令人头脑清晰的空气，觉得是美丽一天的开始。

窗下是一个三角形的小公园，冬天的树脱落了叶子，剩下光秃秃的枝丫，树下徘徊着人和狗，以及偶然被狗惊吓了突然飞起来的鸽子。

T 来敲门的时候，我正准备下楼去吃早餐。

T 有些倦容，我摸他的额头，仍有未退的热度。

"看过医生了。"他说。

昨夜在我睡眠中，他在酒吧喝酒，跳舞至午夜，突然发了高烧，鼻塞并且不断打喷嚏，一个新认识的厨师朋友带他回家，凌晨一点，叫了医生出诊，打了针，服药，在全身高热中睡去。

"觉得全身发烫，汗涔涔流出，觉得一个陌生的身体紧紧拥抱着,觉得完全陌生，又这样亲近。"他回忆着说。

Ly's M，我转述 T 告诉我的上面的叙述。我握着他的手，没有说什么。也许在一个异国寒冷冬日的夜晚，在重病的发烧虚弱中，那个陌生而可以依靠信任的身体是多么值得珍惜啊！

然而，大部分有关城市中人与人的爱与友谊被传述得比较邪恶，使寻找爱与友谊的故事大多恶化成低俗欲望的泛滥。可能 T 是少数幸运的罢。只是，他的幸运，或许并不是因为他遇见了一名善良的厨师，而是因为在他年轻渴望爱与友谊的心里仍然单纯光明，没有防备，没有恐惧和对人的恶念罢。

我快乐地拥抱了他，并且督促他喝了一大缸热水，然后提醒他我们和 C 的约会。

我要如何向你叙述有关 C 的故事呢?

我们一直去到城市西端的区域。这个区域,从一九八〇年代开始兴建的新小区计划将一直延续到下一个世纪。

C 是独立有个性的女子,她也许是少数岛屿上没有受到保守的家庭与婚姻束缚的女性。她快乐地追求自己生命的形式,在专业上非常认真,有同情心,正义感,也热烈于自己诚实的爱情生活。

对一个从事设计专业的她而言,这个富有历史传统的古老城市,对未来崭新世纪的新建筑却如此具备前瞻性,也许是使她深深震动的罢。

我们从辽阔的平台一路前行,远远眺望到巨大的拱门,仿佛新世纪的标志,仿佛宣告着人类攀登的另一个全新的里程碑。

现代科技的精密准确,混合着人类最本能的幻想,使一个城市,同时保有历史,又同时充满年轻创造的力量。

Ly's M,我远远看着 C 和 T 的身影,看到他们在城市缔造的伟大文明中行走，看到他们自信而且充满乐观的精神，感觉到和这样的朋友一同走进下一个世纪的幸福。

想起 C 曾经爱恋过的几个男子，都在 C 的相处中获得生命的激励。身体上或精神上的满足，其实是一种相互的学习；她的身体和生命，对自己是有意义的，也才可能对他人是有意义的。她不愤懑、不怨恨，她不陷溺在最无用的自怜自哀之中，即使在与爱人分手的时刻，她都有明快豁达的祝福与包容。

在这个以新建筑的小区走向下一个世纪的城市，也许建筑的真正基础，其实不是材料，不是力学结构，不是造型的多变，Ly's M，你想过吗？一个伟大的城市的开始，是一种观念，也是一种道德。

在保守迂腐的村落里，道德被曲解为对他人的指责，对他人隐私下流的窥探与窃窃私语。

因为，只有无法活出自己生命形式的人，会花费许多时间关心他人的隐私，比关心自己的生活更多。

那是多么悲惨的生命形式，一生没有真正活出自己，为父亲活着、为母亲活着、为丈夫或妻子活着，到更老一点的时候，为工作活着、为子女活着，在一切"道德"的借口里，唯独失去了真实为自己活着的勇气与诚实。

Ly's M，我看到 C 走在巨大崭新的建筑中，她也使我感觉到巨大，一种可以承担新道德的巨大。是的，一个新城市的建造，不是靠砖石木材，不是靠科技，其实更是一种道德与信仰的力量。

我们应当如何去宣告新道德的来临？

Ly's M，我想念你，想念你在可以学习一切新事物的年龄，学习爱、学习宽容、学习如何建立真实的生命价值。在你爱一切人和事物之前，应当首先热爱自己；使自己饱满而且完全。如果你对自己的爱委屈，你也将用同样的方法委屈别人。千万不要把委屈自己或怜悯他人当成是爱，那不是健全的爱，那甚至不是爱，那是曲解了道德真正意义时对生命病态的伤害耽溺。

C 和 T，有时走在一起，有时交谈，彼此依靠着，一同抬头仰望巨大的建筑。我有时参加他们，有时独自走开，在未来的城市里，我们是彼此眷恋的生命，我们又各自独立。

未来的世纪将宣告一种伦理，使每一个彼此依靠、爱恋，共同生活的生命，同时又完全是独立的个体。

每一个个体是独立而且自由的，他们充分了解独立与自由的重要，他们才有可能在这样的基础上健全地爱其他的人，才可能在这样健全的爱中树立新世纪的道德。

Ly's M，这个城市，你一定记得，是对人类历史发生启蒙的地方，他们首先揭示了独立与自由的讯息，传布到世界，二百多年后，我仍在这里沉思独立与自由的真义。

我迫不及待地要告诉你新建筑的巨大玻璃帷幕上映照着的冬日的阳光，蓝色的天空和云的移动。

这个在为下一个世纪做许多准备的城市，曾经有过一次震惊人类历史的革命。在极度苦闷压抑的政治中，许多优秀的心灵，和他们的人民一起思考有关自由、平等与博爱的意义。他们以极诚实的态度沉思自然中生命存在的状态，关于鸟的飞翔、关于树的生长、关于流水在草丛间的流动，关于每一个春天花朵的绽放；他们以这样的基础祝福生命。而如果"人"是这些生命中更完备的存在，那么，为何在人的生命中反而处处产生着压抑与恐惧，产生着人践踏人的事实，产生着牢狱与酷刑，产生着各种行为的禁忌与思想的钳制，产生着财富的掠夺与剥削，产生着生活糜烂奢侈的贵族和一贫如洗、陷于饥饿中的百姓。他们在愚昧、迷信、教条的生活中思考着理性的启蒙，思考着如何建立法律的平等，如何使个人免于饥饿和免于恐惧。Ly's M，在走过这个城市向下一个世纪眺望的新建筑群中，感觉到那些曾经为这个城市思考过的伟大心灵，仍然存在于城市的各个角落，以哲学、诗歌，以戏剧和绘画，以音乐和信仰，以律法的建立和经济的体制，以人文的尊严和自信，祝福着这个城市美丽的未来。

我是以这样的心情爱恋着C、爱恋着T，爱恋着和我一起学习，一起摆脱愚昧，一起在阅读、思考与工作中共同成长的朋友。

Ly's M，我也将以这样的方式爱恋你，在长久的爱恋中，有着对新知识、新思想更大的好奇，有着对正义、平等更坚定的信念，有着对创造与进步更丰富与乐观的兴趣。

我们将以这样的方式在下一个世纪相爱吗？

今天多么高兴在电话里听到你说：山上的茶花开了。

很明亮的声音，那么喜悦，一点也不犹疑模糊，是的，我们将以这样的方式发现美、宣告美，使美成为生命中重要的信仰。

Ly's M，你的宣告使我在遥远的地方想念起了故乡。

一九九九年二月二日　巴黎

我在废墟中拾起
一片枯黄的月桂叶,
圆圆的满月已经升在城市的上空;
我知道此刻你在睡梦中有了笑声。

帝国属于历史，
夕阳属于神话

. . .

向南飞行的时候，朝向西边望去，云层的上端是一片清澄如宝石的蓝色，透明洁净。在近黄昏的时分，低沉入云层的太阳反射出血红的光。衬托在湛蓝纯净天空中的血红，像一种没有时间意义的风景；没有历史，没有文明，只有洪荒与神话。

Ly's M，你想象过创世纪之前的风景吗？

没有白日与黑夜，没有水与陆地，没有季节与岁月。在一切还没有被定名和分类之前，在那巨大的混沌里，却蕴蓄着无限创造的力量。"无，名天地之始"的时刻，我在那时，已注定了要和你相遇，在不可计量的时间的毁灭中，经验爱、经验相聚与分离，经验成、住，也经验坏、空。

在飞机缓缓下降的时候，这个长长的向南伸入海洋的如长靴一般的陆地，露出它美丽的海岸。在血色加重的夕阳中，慢慢看到了巨大高矗在广大废墟中断裂的石柱，使人记起这里曾经有过的帝国。

帝国属于历史，但是，夕阳属于神话。

Ly's M，我对你的爱，你应该知道，将不属于历史，它将长久被阅读传颂，成为一则神话。

在七座山丘之间，一对吸吮母狼奶汁长大的兄弟，建造了这座不朽的城市。

在用马赛克拼聚成的图像里，可以辨认一些已经碎裂却粗具人形的城市祖先。好像在逐渐被时间逼退的时刻，仍然顽固地对抗着即将来临的消失的命运。

我在处处是废墟的城市中行走，阅读历史，也阅读神话。好像过去与现在并存着,好像祖先与子嗣同时存在,好像幽灵与血肉的身躯共同生活。历史上谋杀的血迹,在柱石的废墟间开成艳红的花朵。所以,历史更像神话,我们也仍然是嗜食母狼之乳的子嗣,有一切兽的品行,有热烈的交媾繁殖与残酷暴烈的屠杀。

帝国的故事便从交媾与屠杀开始了。

Ly's M,我坐在废墟之中,思念你,如同思念这里曾经有过的帝国。

你使我了解到历史如此虚幻。当我依靠你时,也如同依靠着帝国的荣耀;或许,一刹那间,我们的爱也都将尽成废墟罢。

但是,我还是借着夕阳最后的光辉,在废墟里走了又走。行走在巨大的石柱间,那被夕阳的光线映照得更显壮伟的拱顶,那石柱顶端雕饰华丽的莨苕叶形的柱头,那些深凹的龛和深洞,原来有着人或动物活动的空间,好像挖去了眼瞳的空洞的眶,没有表情地凝视着时光。

我确定你和我在一起,从那古老的神话开始,共同认识了星球、黎明和黄昏，共同认识了海洋和陆地的诞生，为水藻与贝类选取了美丽的名字。当彩色的虹在雨后的天空出现，我们的爱有了最初的誓言。Ly's M，在寻找你的时刻，我要用闪亮如镜面的黄金盾牌和弯曲的剑，通过许多妖魅的阻碍。但是，风声和洪水使海峡的浪涛如此汹涌，我完全忘记，一片月桂叶可以如此笃定，渡我到你的岸边。

我在废墟中拾起一片枯黄的月桂叶，圆圆的满月已经升在城市的上空，我知道此刻你在睡梦中有了笑声。

我看到你完全看不到的宿命。看到你好几次的死亡，看到我悲痛的哭泣。看到你被雕塑成石像，立在帝国的疆域之中；看到我的诗句铭刻在纪念你的碑文上。

然后我独自在满月的光华中走入橄榄林去。

许多自相交配的野猫在林中流窜。它们灰色的眼瞳，轻盈如鬼魅的脚步，因为微笑而颤动的触须，都曾因为你的宠爱而被我记忆。我如此清晰看见你在那冬日的树下蹲伏着，用手来回抚摸那猫的背脊；我在那弓起的猫的背脊上看到你轻柔的手指。每一根手指我都如此熟悉，仿佛乐师们熟悉他们的琴弦。我静默无语，觉得每一个满月我都仍然在这片依靠着废墟的树林中等待你，等待你从一次又一次的死亡中走回来，如同往昔，在我枕畔呼吸。

这个城市，每在满月，仍然可以听到母狼的叫声。

在蜿蜒的河流四周分布的七座山丘，据说相应着天上的七座星宿。所以地上的故事只是神话的另一种流传，我如此一次又一次地阅读你的面容，便是因为那里有一切神话的征兆。

但是，你会走回来吗？

在月光和树影的错乱里，你可以借着我的诗句，重新找到最初的起点吗？重新战胜那么多次死亡的征兆，在我悲伤的挽歌中，如一片新生的月桂叶，轻轻降落在我手中。

Ly's M，你无法理解了，你无法理解一种思念可以通过历史，可以通过不可胜数的死亡与毁灭，可以通过最浩瀚的废墟，使我再次如此真实地看见你，如此真实地站立在我面前，如此真实地微笑着。

我从那些为了铭记战争胜利的门下走过，走到曾经拥挤着人群的市集。从东方被带来的奴隶和香料在这里贩卖，奴隶们信仰着不同的宗教，他们在被鞭打的时候，仍然跪着仰首祷告，祈求他们的神的赐福。

奴隶们被大批驱遣到巨大的圆形建筑里，被关在窄小的地牢中，等待节日时供野兽追捕吃食。这座圆形的巨大建筑可以容纳众多的贵族观赏奴隶们的死亡。各种酷刑，如同娱乐与游戏，使奴隶们受虐的哭叫呻吟成为节日庆典最丰盛的喜乐。

Ly's M，我们的祖先和我们一样，有一切兽的品行。

在那奔逃哭叫的人群中，Ly's M，我，唯独我，看见了你。看见你在褴褛衣裳下年轻的身体。看见你在酷刑的虐待中仍然完美的身体。看见你，在死亡的惊惧中，仍然没有失落的信仰的容颜，如此纯净，使我落泪。

你使所有压迫你的贵族黯然失色。在那时，我知道，一切深深射入你肉体的箭，都将一一折断。而那些血如泉涌的伤口，也将如花绽放。有历史不能理解的光辉将来荣耀你的身体。有新的宗教和新的信仰在你站立的土地上被尊奉和纪念。Ly's M，在那群叫嚣的淫乐的贵族中，我是唯一看见你的死亡，并因此流泪的一名。但我仍然是他们中的一员，我仍然背负着使众多奴隶死去的罪行。在以后数十个世纪，将以思念你的酷刑流转于生死途中，思念你、爱恋你，成为护佑你的永不消失的魂魄。

在刑具仍被打造的年代，我已经偷偷在地窖中阅读了信仰的经典，使我在众多奴隶群中相信了爱与拯救的力量。我把经文编撰成简单易懂并且美丽的诗篇，教会那些常常动摇了信念的徒众，使他们相信在肉体的伤痛里仍然可以保有心灵的喜悦与富足。

所以，在这个从神话到历史的城市，人们可以再次了解，现世物质的繁华，权力的荣耀，并不如信仰那般坚固长久。Ly's M，我也因此确定，我对你的爱，单纯到没有故事可以叙述。我在物质和权力一贫如洗的境域爱上了你,这样一贫如洗的爱,你可以接纳,可以包容吗?

是的,在走过帝国的废墟之后,我知道,我是在一贫如洗中爱着生命的种种。在信仰的崇高里,使自己回复成奴隶,乞求着真正的解放、宽容、救赎与爱。

Ly's M,你使我鄙弃了自己贵族的血缘,你使我第一次懂得了谦逊的意义。愿意放弃现世的荣华,愿意去背负刑具,和奴隶们一同走向为信仰受苦的道路。如此,我们才会通过一次又一次的死亡,再次相遇,再次以静静的微笑使对方相认。我们的爱是庸愚的俗众不能了解的。

一九九九年二月四日　罗马

如果最终的信仰，
是使一切繁杂的思虑，
简单到只是一朵花的开放，
那么我知道，
有一天，
站在你的面前，
我只是微笑着，
静静拥抱你，
你将知道了一切……

水和麦子与
葡萄都好的地方

. . .

Ly's M，今天在和煦的阳光里转向北去了。

道路两边是收割以后的麦田。黄栗色的麦梗整齐地排列着。被犁划成一块一块的土地，随着逐渐起伏的丘陵，形成平缓而美丽的风景。

虽然没有在田中劳作的人，仍然使我感觉到经过人的劳作之后土地的丰富与温暖。

Ly's M，我想象起你在土地中劳作的景象。

也许，因为劳作，因为土地的宽阔与丰富，使肉体可以美丽而不淫欲罢。

在怠惰的城市文明使人的身体陷溺在感官的虚无中不可自拔之时，Ly's M，我渴望在土地的劳作中看到你健康纯朴的身体。

因此，我盼望和你叙述这里的麦田，这里种植在斜坡上的橄榄树林，以及用来酿造香洌白酒的葡萄。

葡萄被采摘，带着夏季最明亮的阳光和雨水，堆放在木槽里。农民们欢乐地踩踏着。用他们踩踏过泥土和青草的脚，一面歌唱一面踩踏，使葡萄被踩踏出芳甘的浆汁。仿佛是阳光的笑声，仿佛是雨水的泪；他们把这些都收集了，珍惜地密封在橡木桶中，等待时间发酵。那一个夏季的笑和泪的记忆隐秘地封存着，可以在许多年后，仍然使人知道那个夏季：阳光如何明亮，雨水如何滂沱，爱情如何热烈，而忧愁如何使人低回叹息啊！

Ly's M，我想象你走在众多新结了梅子的绿色的树下，有着如同酒醉微酡的红润的脸颊，知道我在遥远的地方想念你而微笑了起来。

在离开了繁华的城市之后，这个以生产麦子、葡萄和橄榄的翁布里亚省，使我沉思起土地与劳作的意义。

刚下过雪，树梢上还残留着白色的积雪。在车子缓缓驶上山城的小路时，空气中有一种松树清冷肃静的芳香，使头脑清醒起来。

整个山城是用当地出产的带淡粉色的岩石修造的。包括城墙的石壁，坡坎，以及教堂和民家的住宅，一律是淡淡的粉色，在冬日雪晴的光线里闪烁着柔和的纹理。

我或许曾经不止一次向你叙述这山城的故事罢。

许多人从四方来到这里，尝试行走在这山城的小路上，尝试体会和怀念曾经行走在同样路上的一位苦行僧的事迹。

"芳兰且斯柯——"

我听到山城四处回荡着这僧侣的名字。

然而他沉默着。

他沉湎于一朵花的绽放；沉湎于在清澈的溪流边，静看水纹的回旋；沉湎于聆听松林间鸟雀的话语。

他走到山城市集的中心。在热闹喧哗的广场，脱去了华美的衣服。赤裸着如新生婴儿的身体，亲吻母亲，亲吻父亲。把衣服折叠好，归还给家人。他说："物质还给人世、身体要荣耀神——"

那是八百年前一次重大的出走。他重新宣告了修行的意义。

我在每一条平缓和陡斜的路上思念你，Ly's M，如同思念长久以来始终在我心中记忆起的有关苦行僧侣的故事。

思念他年少时的奢华放荡，思念他战争时服役的辛苦。思念他长久沉湎于山林间的悟道，思念他以那么简易亲近的笑容阐释"爱"与"和平"的信仰。思念他在欲望的夜晚，裸身在玫瑰荆棘的刺中打滚。思念他最后显示给众人瞻望的神迹，只是最初信仰者为信念真理留下的五处伤痕。

我独自走到苏比奥山的高处，可以俯瞰僧侣曾经俯瞰过的风景。被人的劳作规划整理得非常有秩序的土地，在残雪覆盖的树梢或麦田里，确定有新的生命在酝酿萌芽。Ly's M，如同你在这个初春看到的梅树上刚刚结成的梅子。有一粒细细的核，被仍然青涩的果肉包围着，在一切我们看不见的地方，都有充满了期待的生命。

Ly's M，在这个宁静的山城，来自一名僧侣的简单易懂的声音，揭示了长久以来被伪善的信徒曲解亵渎的信仰。信仰可以单纯只是一种生活。一种花在自然中绽放的形式，一种清澈溪流的静静回旋，一种在野地上自由顾盼的鸟雀的话语，一种雪地里松树的芳香，或葡萄释放着的一个夏季阳光的明亮与雨水的甘甜……

Ly's M，我们要这样从伪善的教条中出走，走到真实自然的旷野中，用长久没有赤裸过的脚掌去感觉草地的柔软，感觉海滩上沙地湿润饱含着水分的丰富。风在你的胸前，腋下，在腰部与两胯之间吹拂流动。雨水和樟木的芳香混合着，鸟的啁啾和阳光在林隙间的跳跃闪烁，夜晚天空的繁星和昆虫细细的鸣叫，蝴蝶的飞舞和蛇的流窜，Ly's M，这样去感觉你的身体，这样去感觉一种真实的爱与幸福，如同所有真实的生命修行者曾经经验和宣示的幸福，使幸福成为真正的信仰。

我在孤独而满足的幸福里思念你。思念你逐渐成长到完美的身体。经过羞涩，经过欲望的纠缠，经过猜疑与逃避，经过痛和受苦，经过忧愁、寂寞，甚至仇恨（是的，Ly's M，我们常常因为渴求爱，却走到了恨的方向）。但是，都通过罢，如果最终的信仰，是使一切繁杂的思虑，简单到只是一朵花的开放，那么我知道，有一天，站在你的面前，我只是微笑着，静静拥抱你，你将知道了一切，知道多少的思虑和思念只是为了那一刻的幸福，真实具体的幸福，不再有任何言语。

此刻我坐在燃烧着松木的火炉边，在雪地中长久行走有些僵冻的脚，感觉到无比温暖的快乐。我脱去了手套，迎接客栈主人递给我的热汤。

松木燃烧后毕剥的声音，以及弥漫在整个室内的香气，使进来的人都喜悦地笑着。

火炉很大，上面铺架着粗壮的铁枝。主人正在收拾一串一串烤熟了的肠子；把肠子分配到盘子中，又把刚烘焙好的面包切开。面包透出干爽的麦子的香味，好像连同土地的富足一起给了我们。

我嚼食着结实有质感的食物，喝了一点当地的白酒。主人很诚恳，腼腆地说："我们这里没有什么，我们这里就只是水好，麦子好，葡萄好。"

主人在劳作中一张红扑扑的脸羞赧地笑着，透着火炉的热气，使我想象起一整个夏季在热烈的阳光下土地的温暖。

我无端又想起那走向山林的隐修的僧侣。也许，是因为他简单的话语，使这个省份的农民如此安分简朴罢。他们用着比僧侣更真实而且平凡的语言说："我们这里就只是水好，麦子好，葡萄好。"

Ly's M，在告别这个小小的山城之前，我再次绕到纪念僧侣的教堂。在去年一次巨大地震后，上层的教堂正在整修，教堂下层是埋葬僧侣的墓窖，很低很矮，简单的一个石砌的棺，却都没有毁损。"这么低矮朴素，也不容易毁损罢。"我这样想。

Ly's M, 希望有一天能去你劳作的山上, 看你清洗过青苔的水池, 看你除过草的庭院, 听你指着梅树说:"我们这里, 水好, 稻米好, 梅子好。"

因为想念你, 我俯身拥抱了土地, 用脸颊亲昵了收割后的麦草梗, 初融的雪水沾湿了我的头发和眉毛, 我闻嗅着泥土在早春散发的气息, 我感觉到了你的体温。

一九九九年二月五日　阿西西

《叫作亚诺的河流》手稿

写给 W's M—1999

系列之八　叫做亞諾的河流

　　坐在河邊，我繼續閱讀一些与城市有関的历史，閱讀詩人筆下的詩句，思想和関於理性与自由的探討，閱讀繪畫者以色彩、線條和造形歌詠的人性的春天，也閱讀雕刻者以青銅或大理石塑造的人体的自信与尊嚴。

　　W's M，関於這個城市榮耀的历史，関於他们建立的工會制度，関於他们經濟殷実的家族，如何在富有之後沒有淪落為属於的淫樂者，相反的，他们以無比的謙遜和勤學帶動了一個時代光輝的人文教養。

　　這條叫做亞諾的河流，如一條翡翠的寶綠帶子，閃着細細的水漣的波光，悠悠地流過城市的南端。

　　不遠的地方，横跨在河流上，便是被詩人歌詠的橋。橋不寬，兩旁都是販賣金飾的商舖，曾經是這個城市經濟殷実的最好的証明，黃金被鑄造成金幣和美丽的飾物，金幣通行於各國之間，成為幣值穩定的象徵，上面由雕刻者鑄造了領袖家族的側面浮雕肖像。

　　就是在這座橋上，九歲的詩人遇見了他一生摯愛的女子，在輝煌閃亮的黃金的橋上，在永恆的亞諾河綠綠流過的橋上，他们相遇，成為詩歌的開始，於是，詩人和美丽的女子都有了肖像。

y'sM，在我努力畫下你美麗的容顏時，我知道，我是在尋我這一個時代肖像的意義。

我們也許並不常思考到人類歷史上「肖像」出現的意義罷！

是的，「肖像」，肖似一個人，一個活著的人，一個充分認知自己存在与存在價值的人，他才開始有「肖像」的可能，面目模糊的人是不會有「肖像」的。

我們在歷史上觀察，一個民族可以在上千年間沒有「肖像」，沒有記錄「人」，表達「人」，歌頌「人」，關心「人」的意圖。

沒有對「人」的渴望，生命就開始著多委屈了。

在這個城市，是重新閱讀「人」的開始，是用詩句描述「人」，用繪畫記錄「人」，用雕塑使「人」完美而且不朽。

y'sM，我要帶領你去閱讀那些詩句，那些具体描述人的詩句，關於人的身体，關於頭髮的金栗色和流盼的眼睛的灰藍透明，關於憂鬱時的眼淚以及在胸膛間徘徊無從离去的思念的慾望，關於擁抱時的停滯的記憶與唇舌和鼻息之間渴求的喘息…

這個城市一次關於「人」的革新，是從這樣具體的「肉身」的描述開始的。

這身体，長達一千年，被視為羞恥、罪惡。這肉身的存在，只有懺罪的意義，只是用來懺悔或等待審判的目的。

這個身体是「神」創造的，因此，身体的存在只為了榮耀神。

一千年間，人對於自己的身体一無所知，眼球如何轉動？体內的血液如何循環不止？呼和吸的肺葉、跳動的心臟、皮膚下一層層的筋絡與組織，沒有人探討，因為一切都是「神」的創造，而「神」是不可以理性和思維去觸探的。

山’5 M，行走在這條逶迤河畔的心靈，在秋天靜止的河水裏看見了自己的形貌，如同你在東部大山的深澗裏劉覽自己豐美健全的肉体裸。

我們是從真實地熱愛這個身体，開了思想與理性，開始了對擔蓋在神秘主義下一切事物的好奇與突驟。

一些原來隸屬於修道院的修士，在富有家族的資助下離開了修院，開始以精細的筆描畫起「人」的故事。

這個城市重新閱讀了「誕生」的故事。

新的嬰兒「誕生」了，抱在母親懷中，母親有了麼喜悅，了麼自信；她把嬰兒舉給世人觀看，彷彿要世人一同分享這種喜悅。

　　那個一千年來為了「神」而存在的「誕生」，使「誕生」失去了世人可以了解的喜悅。現在，在這個城市，被重新閱讀了，重新賦予「誕生」純粹屬於「人」的喜事。

　　還有個希臘神話中一名女神的誕生，她從海洋波浪的浪花裏有了最初的身體，那身體如此豐美，她微笑著羞澀地看著世人，好像在詢問身體是否美麗一如往昔？她一手靜靜搗在胸前，一手拖著長髮，隱隱遮住下身；在風和日麗的祝福下，鮮花飛落，她靜靜站立，宣告「誕生」的意義，宣告肉身的崇高與尊嚴，宣告「美」才是真正生命拯救的力量。

　　在自由而開明的麥第奇家族資助鼓勵下，那個叫波提切利的青年創造了那一幅「誕生」的畫作，在那個宗教戒條嚴厲的禁忌的年代，在那個視一切肉體為美為異端的年代，終於有一個具體的畫面可以宣告「人」的誕生，人的美麗，人的花蕊；以SM，如同你的身體對我具全的意義，使我從羞恥與罪惡中重新閱讀了肉身的華貴，重新從神佛肉身開始有閱讀生命的另一個起點。

閱讀！

我在这遥远的地方思念你。思念你健康完美的身体。如同五百年前这个城市以完美的人体开始了一次历史上最重大的革命。LysM，那些用石头铺成的街道，在无数繁星的夜晚，流传着某些青年吹奏的木笛。我经过八角形的议礼堂，在濛濛的月色中细看那铸造着许多故事的铜门。我也仰首瞻望青年的建筑师布鲁内莱斯基其一生设计的巨大圆穹，高高地雄踞在城市大教堂的顶端；标帜着那一时代最卓越的科技，力学结构、材料精密的控制和组合。而这一切，不再只是对神的荣耀，也同时更是人对自我存在的证明：「完美的人是丈量宇宙的尺度」。那个时代的科学研究者和人文信仰者以这句话为「人」重新定位。
　　我在这曾经生活过最优秀的心灵的城市漫步。每一个巷道或广场上的雕像，都使我想起你，LysM，想起你裸身站立，张开可以丈量宇宙的双臂，张开可以跨越时间和空间的双脚，在永恒无尽的时间的缝隙和无边无际空间的辽阔莽大裏，人类寻找到了自己确定的座标，不特别自大，也不过小卑微，是如此自信而诚恳地站立着，使宇宙有了以「人」为中心的运行。
　　于是，这个城市开始有了「肖像」。
　　在以神为中心的年代，「人」是没有像的。

離開了神，人開始思考自己，凝視自己，開始對自己的存在有了好奇，開始以自己的方式承擔生命。

　　人如何誕生？離開了神学的論述，那個對生命充滿好奇的畫家，在筆記簿裏描繪了他對女性子宮的解剖，那個長久存在於每一個女性身体內的器官，卻一直被神学的論述遮而不談的部份，如今被理性与科学揭開了神秘的外衣。

　　許多畫家們在畫着一个千年來有関神靈受孕的誕生故事，関於被称作「Anunciation」的傳説。这个對生命充滿好奇的绘画者，他也處理過同样宗教的题材，但是，或許他不能完全滿意於宗教的解答，他以更多時間解剖了女性的身体，研究有関誕生在科学上的証明，他在一張小小的筆記上留下的女性的子宮，位置也完全正確，在渾圓的胞衣中蜷缩着一個沉睡的婴兒，以SM，我觉得那是你沉睡在誕生之前，彷彿在繭中等待蛻化的蛹，好像一顆蜷缩着的種籽，好像一粒薀藏着一切可能的麥芽，我那裏，有了対於生命起源最初的理性研究。

　　那個叫做Leonardo，来自Vinci小城的卓越心靈，不只研究了誕生，也研究了手，研究了一個手掌下面多麼複雜的組織，他試圖用一張一張的圖绘，了解手掌的開闔運運動，了解所有血管筋脈的運動，了解每一束肌肉和運動的關係，了解手指的每一個骨節，了解那麼完美的人類的手，不應該偷懶地歸究於「神」的創造，而應該多考慮真精密地經由理知的方式印証一切掩蓋在「神秘」之下一切真實的存在狀態。

L'sM，如你所知，他研究了飛行，在無數的草稿裏描述鳥類的飛翔，記錄並分析牠們飛翔中羽翅張開的功能。然後，他試圖把鳥類的翅膀轉化成可以使人類飛行的器物。他失敗了。終其一生，他並沒有真正「飛」起來。但是，他留下的所有關於「飛行」的論述及草圖卻是人類在數百年後飛起來的最初的依據。他的研究使人類長久關于「飛」的夢想有了科學的基礎。

我們仍有許多夢想未能落實成了科學。我盼望跨越空間的阻隔，可以在你想的時刻親近你，L'sM，在一切令人嘲笑或訕辱的夢想裏，我們感謝這個城市，感謝這個城市曾經活過的偉大心靈，從不曾歧視夢想，而是努力地使人類所有的夢想一一成為真實。

我冥想為那陪着我的夢想行走在這個城市的Leonardo，在他衰老之年，如詩人一般凝視起死亡。他熱愛着年輕的弟子Manzi。他描繪着那青春俊美的容顏，他又描繪着自己已经衰老,但仍炯炯有神的面容:竟怎凝视着青春,那是他迟迟无法解答的神秘,关于他的爱,他的眷恋,关于在解剖中迟迟无法找到的「死亡」的真义。他在走向北方的时候,在拥抱着Mauzi入睡的时刻,或许有过一些宛如诗句的哎哟嘻,只是,没有人听到,没有人传述,只有他临死之时青年Mauzi的哭声使人猜想他或许有过一两句对死亡裹缠的诗句罢。

M'sM,我在河边坐久了,感觉到那些活过的心灵仍然行走在我四周,Leonardo,Michaelangelo.那些有着因音绮信的美丽名字,变成这里不朽的回声。

我走过市政所广场,想像那个极富而有教养的Medici家族的领袖,有好几代管理着这个城市,使政治开明,使经济富裕稳定,使城市中有了哲学和诗歌.当他们要为这个城市寻找一个美丽的标志时,他们找到了二十六岁的Michaelangelo,一个卓越的雕刻者,他为这个城市创造了「大卫」,一个英姿同发的少年的英雄,象征了正义对抗着邪恶,象征着光明坦然击退了黑暗邪闭,象征了勇敢战胜了恐惧,象征了自信尊严的生命为自己找到的崇高形象,M'sM,这尊巨大的男体裸身石雕,具体地宣告着一个城市完美而不朽的精神。

历史的许多创造都必须回到「人」，回到「人」的原点。

而「人」並不空洞，僅～是宗教或哲学上「人」的概念並这这样拯救人，或思考出真正「人」的意義。

「人」，首先是一种具体的存在。

历史上有关「人」的革新，便需要诗人，绘画者，雕刻者，留下真实而且具体的「人」的肖像。

以～以，你对我是真实而且具体的存在。我不要在抽象的意義上愛你。我要一种实在的拥抱，我要那种不可替代的气味，体温，形体与抚摸時真实的质地的记忆；我要的爱情是有关「人」再次革新的开始。

我将再次走去那桥口，等候你，与你在历史中相遇。

　　　　　　1999. 2. 6 Firenze

我不要在抽象的意义上爱你,
我要一种实在的拥抱,
我要那种不可替代的气味、体温、
形体与抚触时真实的质地的记忆……

叫作亚诺的
河流

· · ·

　　坐在河边,我尝试阅读一些与城市有关的历史;阅读诗人留下的诗句,思想者关于理性与自由的探讨;阅读绘画者以色彩、线条和造型歌咏的人性的春天;也阅读雕刻者以青铜或大理石塑造的人体的自信与尊严。

　　Ly's M,关于这个城市荣耀的历史,关于他们建立的工会制度,关于他们经济殷实的家族,如何在富有之后没有沦落为庸俗的淫乐者,相反地,他们以无比的谦逊与好学带动了一个时代光辉的人文教养。

这条叫作亚诺的河流，如一条翡翠的莹绿带子，闪着细细的水涟的波光，悠悠地流过城市的南端。

不远的地方，横跨在河流上，便是被诗人歌咏的桥。桥不宽，两边都是贩卖金饰的商铺，曾经是这个城市经济殷实的最好的证明。黄金被铸造成金币和美丽的饰物，金币通行于各国之间，成为币值稳定的象征，上面由雕刻者铸造了领袖家族的侧面浮雕肖像。

就是在这座桥上，九岁的诗人遇见了他一生恋爱的女子，在辉煌闪亮的黄金的桥上，在永恒的亚诺河潺潺流过的桥上，他们相遇，成为诗歌的开始。于是，诗人和美丽的女子都有了肖像。

Ly's M，在我努力画下你美丽的容颜时，我知道，我也是在寻找这一个时代肖像的意义。

我们也许并不常思考人类历史上"肖像"出现的不凡意义罢！

是的，"肖像"，肖似一个人，一个活着的人。一个充分认知自己的存在与存在价值的人，他才开始有了留下"肖像"的可能,面目模糊的人是不会有"肖像"的。

我们在历史上观察,一个民族可以在上千年间没有"肖像";没有记录"人"、表达"人"、歌颂"人"、关心"人"的意图。

没有对"人"的渴望,生命就开始萎弱衰竭了。

在这个城市,是重新阅读"人"的开始,是用诗句描述"人",用绘画记录"人",用雕塑使"人"完美而且不朽。

Ly's M,我要带领你去阅读那些诗句,那些具体描述人的诗句,关于人的身体,关于头发的金栗色和流盼的眼睛的灰蓝透明,关于忧愁时的眼泪以及在胸臆间徘徊萦绕不去的思念的欲望,关于拥抱时的体温的记忆,唇舌和鼻息之间渴求的喘息……

这个城市一次关于"人"的革新,是从这样具体的"肉身"的描述开始的。

这身体,长达一千年,被视为羞耻、罪恶。这肉身的存在,只有赎罪的意义,只有用来忏悔与等待审判的目的。

这个身体是"神"创造的，因此，身体的存在只为了荣耀神。

一千年间，人类对自己的身体一无所知，眼球如何转动？体内的血液为何循环不止？呼和吸的肺叶、跳动的心脏、皮肤下一层层的繁复的组织，没有人探讨，因为一切都是"神"的创造，而"神"是不可以理性和思维去触探的。

Ly's M，行走在这条亚诺河畔的心灵，在秋天静止的河水里看见了自己的形貌，如同你在东部大山的深涧里浏览自己发育健全的肉体罢。

我们是从真实地热爱这个身体，开始了思想与理性，开始了对掩盖在神秘主义下一切真实事物的好奇与兴趣。

一些原来隶属于修道院的修士，在富有家族的资助下离开了修道院，开始以精细的笔描画起"人"的故事。

这个城市重新阅读了"诞生"的故事。

新的婴儿"诞生"了,抱在母亲怀中,母亲有多么喜悦、多么自信;她把婴儿举给世人观看,仿佛要世人一同分享这种荣耀。

那个一千年来为了"神"而存在的"诞生",使"诞生"失去了世人可以了解的喜悦。现在,在这个城市,被重新阅读了、重新赋予"诞生"纯粹属于"人"的喜乐。

还有关于神话中一名女神的诞生,她从海洋波浪的浪花里有了最初的身体。那身体如此丰美,她微带羞赧地看着世人,好像在询问身体是否美丽一如往昔?她一手静静抚在胸前,一手拉着长发,隐隐遮住下身;在风和日丽的祝福下,繁花飞落,她静静站立,宣告"诞生"的意义,宣告肉身的崇高与尊严,宣告"美"才是真正生命拯救的力量。

在自由而开明的殷实富有家族资助鼓励下,那个叫波提切利的绘画者创造了那一幅"诞生"的画作,在那个宗教教条严厉的禁忌的年代、在那个视一切的理性与美为异端的年代,终于有一个具体的画面可以宣告"人"

的诞生、人的美丽，与人的庄严。Ly's M，如同你的身体对我具含的意义，使我从羞耻与罪恶中重新阅读了肉身的华贵，重新从阅读你的肉身开始有了阅读生命的另一个起点。

我在这遥远的地方思念你，思念你健康完美的身体，如同五百年前这个城市以完美的人体开始了一次历史上最重大的革命。Ly's M，那些用石块铺砌的街道，在游客散尽的夜晚，流传着某些青年吹奏的木笛。我经过八角形的洗礼堂，在淡淡的月色中细看那铸造着许多故事的铜门。我也仰首瞻望青年的建筑师布鲁内莱斯基穷其一生设计的巨大圆穹，高高地雄踞在城市大教堂的顶端，标志着那一时代最卓越的科技、力学结构、材料精密的控制与组合。而这一切，不再只是对神的荣耀，也同时更是人对自我存在的证明。"完美的人是丈量宇宙的尺度"，那个时代的科学研究者和人文信仰者以这句话为"人"重新定位。

我在这曾经生活过最优秀心灵的城市漫步。每一个巷道或广场上的雕像，都使我想起你，Ly's M。想起你裸身站立，张开可以丈量宇宙的双臂，张开可以跨越时间与空间的双脚，在永恒不尽的时间的循环和无边无际空间的辽阔广大里，人类寻找到了自己确定的坐标，不特别自大，也不渺小卑微，是如此自信而谦逊地站立着，使宇宙有了以"人"为中心的运行。

于是，这个城市开始有了"肖像"。

在以神为中心的年代，"人"是没有肖像的。

离开了神，人开始思考自己、凝视自己，开始对自己的存在有了好奇，开始以自己的方式承担生命。

人如何诞生？离开了神学的论述，那个对生命充满好奇的画家，在笔记簿里描绘了他对女性子宫的解剖。那个长久存在于每一个女性身体内的器官，却一直被神学的论述避而不谈的部分，如今被理性与科学揭开了神秘的外衣。

许多画家仍在画着一千年来有关神灵受孕的诞生故事，关于被称作"Annunciation"（天使报喜，圣灵受孕）

的传说。这名对生命充满好奇的绘画者，他也处理过同样的宗教题材，但是，或许他不能完全满意于宗教的解答，他以更多时间解剖了女性的身体，研究有关诞生在科学上的证明。他在一张小小的笔记上留下的女性的子宫，位置不完全正确，在浑圆的胞衣中蜷缩着一个沉睡中的婴儿。Ly's M，我觉得那是你沉睡在诞生之前，仿佛在茧中等待孵化的蛹，好像一颗蜷缩着的蓓蕾，好像一粒蕴藏着一切可能的种芽，从那里，有了对待生命起源最初的理性研究。

那个叫作 Leonardo，来自 Vinci 小城的卓越心灵，不只研究了诞生，也研究了手，研究了一个手掌下面多么复杂的组织。他试图用一张一张的图绘，了解手掌的开合运动、了解所有血管筋脉的牵动、了解每一束肌肉和运动的关系、了解手指的每一个骨节。了解那么完美的人类的手，不应该偷懒地归咎于"神"的创造，而应该多么认真精密地经由理智的方式印证掩盖在"神秘"之下一切真实的存在状态。

Ly's M，如你所知，他研究了飞行。在无数的草稿里描述鸟类的飞翔，记录并分析它们飞翔中羽翅张开的功能。然后，他试图把鸟类的翅翼转化成可以使人类飞行的器物。他失败了。终其一生，他并没有真正"飞"起来。但是，他留下的所有关于"飞行"的论述及草图却是人类在数百年后飞起来的最初的依据，他的研究使人类长久关于"飞"的梦想有了科学的基础。

我们仍有许多梦想未能落实成为科学，我盼望跨越空间的阻隔，可以在梦想的时刻亲近你，Ly's M，在一切令人嘲笑或鄙夷的梦想里，我们感谢这个城市，感谢这个城市曾经活过的优秀心灵，从不曾轻视梦想，而是努力地使人类有过的梦想一一成为真实。

我冥想着那带着飞的梦想行走在这个城市的Leonardo，在他衰老之年，如诗人一般凝视起死亡。他热恋着年轻的Melzi，他描绘着那青春俊美的容颜，他又描绘着自己已经衰老但仍炯炯有神的面容；衰老凝视着青春，那是他还无法解答的神秘，关于他的爱、他的眷恋，关于在解剖中还无法找到的"死亡"的意义；他在走向北方去的时候，在拥抱着 Melzi 入睡的时刻，或许有过一些宛如诗句的呢喃罢。只是，没有人听到，没有传述，只有他孤独死去时 Melzi 的哭声，使人猜想他或许有过一两句对死亡中肯的诗句罢。

Ly's M，我在河边坐久了，感觉到那些活过的心灵仍然行走在我四周，Leonardo，Michelangelo，那些有着元音结尾的美丽名字，变成这里不朽的回声。

我走过市政厅广场，想象那个殷富而有教养的 Medici 家族的领袖，有好几代管理着这个城市，使政治开明、使经济富裕稳定、使城市中有了哲学和诗歌。当他们要为这个城市寻找一个美丽的标志时，他们找到了二十六岁的 Michelangelo，一个卓越的雕刻者，他为这个城市创造了"大卫"，一个英姿风发的少年的英雄，象征了正义对抗着邪恶，象征了光明坦然击退了黑暗封闭，象征了勇敢战胜了怯懦，象征了自信尊严的生命为自己找到的崇高形象。Ly's M，这尊巨大的男体裸身石雕,具体地宣告着一个城市完美而不朽的精神。

历史的许多创造都必须回到"人",回到"人"的原点。

而"人"并不空洞,仅仅是宗教或哲学上"人"的概念,并无法拯救人,或思考出真正"人"的意义。

"人",首先是一种具体的存在。

历史上有关"人"的革新,便需要诗人、绘画者、雕刻者,留下真实而且具体的"人"的肖像。

Ly's M,你对我是真实而且具体的存在,我不要在抽象的意义上爱你,我要一种实在的拥抱,我要那种不可替代的气味、体温、形体与抚触时真实的质地的记忆;我要的爱将是有关"人"再次革新的开始。

我将再次走去那桥边,等候你,与你在历史中相遇。

一九九九年二月六日　佛罗伦萨

我似乎预见着你在一面辉煌的壁画里，在一切的繁华褪色剥落的毁灭和消失中，成为一种存在的真实，成为我的坚持。

忧伤寂寞的
一张脸

. . .

　　M 城有一半的人感冒，我也没有幸免，鼻塞、发热、喉咙被痰堵着，夜里常常在剧咳中醒来。

　　也许因为病罢，能更真实地感觉到身体的存在，感觉到平时在健全正常状况下不太会感觉到的身体各部分的功能。好像在远离你的时刻，Ly's M，你的存在反而变得如此真实。

　　戴着毡帽，裹着围巾，包在厚大衣里，走过 M 城大教堂的广场，觉得灼热发烫的身体对抗着冰冷凛冽的寒风,呼出的鼻息都是一缕缕的白烟。L带我去一间小酒馆,里面有瓦斯炉的暖气,但是还是冷,发高热的身体散张着毛细孔,一阵阵渗着汗,发着冷战。我点了热的薰衣草茶,啜饮着,用很缓慢的心跳、呼吸,很缓慢的视觉和听觉浏览与谛听四周的景物和声音。

也许是一种濒临停止的缓慢罢;L以为我太疲倦了,其实不是,我在很少经历过的身体机能完全缓慢下来时重新清明地意识到自己思维和感觉的能力。

意识到邻座一名褐发女子不可解救的忧郁沮丧,意识到另一名中年男子点烟时手指不可自制的颤抖。Ly's M,仿佛在病的混沌状态里却开启了另一种直觉的清明,远远比理智更准确而且敏锐,穿透着理智所达不到的意识深处更神奇的真实。仿佛可以听到尚未来临的旷野上黎明时的鸡啼;仿佛感觉到下一个春天冰雪在高山上慢慢融化;仿佛,Ly's M,仿佛你在明日清晨微寒的山里醒来前一刹那如婴儿般的微笑,我都在愈来愈缓慢的意识中一一预见了。

在那逐渐斑驳漫漶的壁画里，我更缓慢地看见了五百年前Leonardo在晚年对于"死亡"的预知。一群骚动不安的门徒，指天发誓，扪心自问，惊慌、忧虑、痛苦、不舍、愤怒、哀伤；十二位门徒，在"死亡"前反应着不同的情绪。然而那真正预知了自己死亡的主人，却一片宁静，只是缓慢地摊开双手，只是传递着面包和红酒，预言似的说：这是我的身体，我的血。

使人感觉到不可思议的美，这张漫漶的壁画，竟然不是存在，而是不断消失的过程。Ly's M，我将以诗歌和绘画创造不朽的你，是因为注定的消失，我才热恋起你的存在的真实罢。

在冬天的阳光里，你裸身站在水池里，用刷子清洗池壁四周的青苔，刷去积垢，清理池隙长出的杂草。蛇蜕下的残皮，山泉的水，阳光，劳动时的力量，山里洁净的空气，蔚蓝的天空里停着的一朵白云……

我似乎预见着你在一面辉煌的壁画里，在一切的繁华褪色剥落的毁灭和消失中，成为一种存在的真实，成为我的坚持，成为我的执着，成为我在巨大的幻灭中唯一可以永恒信仰的真实的存在。

众生于无始生死，无明所盖，爱结所系，长夜轮回，不知苦之本际。

有时长久不雨，地之所生，百谷草木，皆悉枯干。诸比丘，若无明所盖，爱结所系，众生生死轮回，爱结不断，不尽苦边。

我的肉体病痛着，感觉到记忆、思维、渴盼一点一点沉淀。身体的高热产生一种虚幻，仿佛浮游在茫漠的空中，但是，对生存的欲望却如此惊人地膨胀，膨胀到近于一种原始的细胞分裂的状态，好像是种子从果实中爆裂飞撒开来；好像水族的鱼蛙鼓动大腹，排挤成千上万的卵；好像一时孵化的蛹，蠕动推挤着。Ly's M，你可以了解吗？我感觉到肉体里每一个单一分子强烈的欲望、生存、繁殖、扩大、延长、渴望对抗那病的虚弱，渴望对抗痛，对抗昏眩与高热。我觉得泪水汩汩流出，当我低低呼叫你名字的时候，觉得是在生死轮回中如何切割斩截都还是牵系不断的思念，是这样千百倍于肉体上的病痛，是走向无尽无边的茫漠时空的混沌里一点点幻觉般的一豆灯光；啊，我在高热与昏眩中竟是依赖着那一点幻影之光继续生存着的吗？

Ly's M，我把自己遗弃在这冬日冰原一般的巨大城市中，遗弃在病痛中，遗弃在孤独里，依靠着对你的坚决的思念，渴望全新的痊愈。

然后，我痊愈了。

站在仍然严寒但异常明亮的阳光里，感觉到抗拒了病和虚弱之后的自信，感觉到痊愈是如此真实，身体的每一个细胞重新复活的喜悦。

奇怪，我在病痛时阅读和思索的宗教的经文不复记忆了，Ly's M，这时，我渴望你毛发中不容易察觉的一种欲望的气味，渴望非常具体的、真实的占有，仿佛那是唯一使生命从虚弱变得饱满，使生命从空洞变得充实，可以从病与死亡中复活的力量。

我背着行李，到了火车站。在忙碌拥挤充满旅者嘈杂声音的月台上，感觉到离去的莫名的亢奋。好像我不只是要离开 M 城，而是要离开缠绕我的病弱与悲哀的心境。我决定要使自己健康而且快乐起来。我决定乘坐火车到东方的 V 城去，仿佛东方是更靠近你的地方。在一次病的痊愈之后，我将如亲吻你入睡时的额头那样，将你环抱在臂弯里。天空的蔚蓝和繁星入夜，我只是如 V 城港泊里的船只，惦记着远行和归来的故事。

火车大约行驶了三小时，在时睡时醒中，看到冬日树林的枝丫间阳光的跳跃，地面上仍残留着前几日未融的积雪。

隔座的旅客谈论起 V 城即将来临的一年一度盛大的节日，并从行李中拿出制作的面具，戴在脸上，炫耀于友伴之间。

面具是银色的，没有表情，或者说，是一种静止的表情罢。其实，每一个人的脸，都是另一种意义上的面具。只是，一般来说，一个人脸上常常在转换表情，表情太多，反而使一张脸难以记忆。面具大约像一张静止的脸，是总结了许多表情之后的结论，所以通常使人印象深刻；我们很难记忆一张人的脸，像记忆面具那样准确而且长久。

隔座旅客的脸我无法记起了，但是他戴着面具的脸却如此清晰。一张银色无表情的脸，两个空洞的眼睛，右边眼睛的脸颊上画着一滴泪水，用碎玻璃屑黏成的发亮的泪滴，使整张脸看来如此忧伤，连带着使人的身体也有着悲哀的表情了。

"这是你的面具吗？"

"也可以是你的啊！"

旅客把面具罩在我脸上。我看到他观察我的表情，好像看到了很忧伤的一张脸，微微蹙起了眉头，眼中闪着薄薄的悲悯的光。我忽然觉得被一种忧郁笼罩，仿佛那张面具中附着鬼魅的灵魂，可以使戴上面具的人一霎时被那古老但仍活着的鬼魂宰制。

"那是一个曾经活过的人留在世间的一张脸。"

他无动于衷地把面具放回到行李箱中去,把箱子放到脚下。我一直望着他踩在脚下的箱子,觉得有一张密闭在黑暗狭窄空间中的忧伤的脸,脸颊上有一滴发亮的泪珠。

"你也是为那节日来的吗?"他似乎想转移我的视线。

"面具狂欢节?"

他点点头。

"我不确定。"我说,"我的爱人在东方。我的病刚刚痊愈。也许,我会在一个靠近东方的城市找到失落已久的一张面具,脸颊上没有泪水,而是如婴儿初醒般淡淡的微笑。"

Ly's M,火车的轨道架设在水中,一条笔直而且很长的轨道,两边都是平静的水面,好像火车是在水面上滑行。

这是进入 V 城的道路了。据说最早是一些被战争与盗匪所困的居民,找到了这一片在潟湖中的沼泽区,成为他们避难的基地。他们在星罗棋布的岛屿上居住,在松软的沼泽中以木桩稳定地基。以窄长形的船只穿梭于水道之间,以长长的篙竿使舟船行走。战争结束,水道间便传唱起了美丽的歌声。岛屿和岛屿之间修筑起了高高的拱桥,使居民可以来往,也使船只可以穿过。

大约在八百年前,这一片潟湖中的岛屿成为商业繁荣的地区,来往于东方和西方的商旅都必须经过这里,城市便依靠着货物的交换和巨大的贸易税收富裕兴盛了起来。

金碧辉煌的寺院被修建了起来,以西方的石块砌建了基础,用东方的彩色石和玻璃镶嵌成华丽的屋顶。商人们从遥远的国度带来珍奇的宝物以为寺院祭拜神的供物,香烟缭绕,唱赞不断,祈祝海上船只平安,祈祝贸易的顺利,祈祝生活的繁华幸福。

寺院正面是朝向西方的,当红日西斜,从整个海面上反射的光辉映着寺院金色的屋顶,珠宝和彩色玻璃闪耀灿烂，这里的故事对世界许多角落的人便传颂如同神话了。

也许，我曾经和你说过这里的故事，Ly's M，关于财富和战争中产生的骑士；关于他们在冒险和航行中流传的诗歌；关于他们远离家乡时女人的寂寞和欲望；关于武器的制造和监狱的修建；关于水手与娼妓；关于酷刑与死囚。Ly's M，我想和你连续说一千零一夜的故事，使那些近似神话的故事在每一个黎明成为救赎我生命的方式，使你在每一个黎明，期盼故事的下一个结局继续宽赦临刑死囚新的一天。我愿意这样为创造新的传说活着，没有新的创造，生命便不值得拯救了。

Ly's M，我抵达这神话的城市了，我隔座的旅客已然不见，仅在他座位下遗留下那个行李箱。我打开箱子，看见久违了的面具，脸颊上的泪痕宛然，但已有了像你的笑容。

我等火车靠站，戴起面具，觉得你就在我身边，一如往常，我们携手向金色的寺院走去。

钟声从四面响起,每一艘船都划向港湾的中心。代表陆地上的领袖穿着庄严华贵的丝绸的衣袍,他端正站立在豪华的船首,在礼乐声中,以一枚黄金的戒指掷向海洋,表示陆地与海洋的婚礼。人们齐声欢唱,祝福这个在陆地与海洋中诞生的城市永久地繁荣。

夕阳从寺院的金顶逐渐消逝,最后的辉煌遗留成水面上一点寂寞的光。那时候,所有戴着面具的鬼魂便仿佛仍在繁华岁月时一般前来参加节庆。

Ly's M,城里没有人是不戴面具的,在寺院广场上,那早下车的旅客便来央求我:"把面具还给我好吗?"

"把面具还给我好吗?"好像每一张脸都在呼唤面具,每一张脸都因为失去了面具便同时失去了繁华的记忆。

魂魄们要借面具回去,回到华丽的过去,回到繁荣的过去,凝视他们没有看完的繁华。

面具节日使V城异常感伤,使活着的生命提早看到了成为魂魄后的忧伤。但是,这节日又是华丽的,烟

忧伤寂寞的一张脸

火、灯光、各种闪耀的彩饰，富丽的衣装，使整个城市上演着一出华美而又令人叹息的戏剧。

我最后忘了自己面具的形式，我走到水边，试图从晃漾的水中重新省视自己面具的形貌，但也因水光跳跃不定，终究只是看到一个模糊如魂魄的影子。

我也试图在众多戴面具的人群中寻找你，Ly's M，你一定也在人群中，从那繁华中走来，披着黑色的长披风，帽上羽饰随风飘动，我尝试在面具的眼孔下辨认你特别清澈洁净的眼瞳的神采，以及你身上时常拂过的如杉木和麝香混合的气味。

面具使原来相熟的人无法彼此辨认吗？还是面具改换了原有的自己，试探一种新的彼此相处的关系？

Ly's M，我在灯火阑珊的港湾处寻找你，思索你今夜将以什么样的面具和装扮出现。

我看到金色面具的君王，穿着金色与银绿色织绣的袍子，威严地走过。我看到红衣主教，戴着高高的冠冕，一张胖胖的微笑的面具，手执权杖，缓缓前行。我看到来自法兰西的使节们,头上跳动着如弹簧般的银白假鬈发,罩着苍白而有着红润嘴唇的面具,优雅又有点妖娆地呢喃着柔润的语言。Ly's M,我不确定那是你,披着长长的黑色披风,手中拿着一枝鲜红的玫瑰,一直背对着我,使我无法知道你在离别的岁月之后有了如何忧伤和寂寞的一张脸。

Ly's M,一整个夜晚,我在狂欢的群众中走过,推开好几个装饰着肥大乳房的妓女,也推开了好几个伪装了弹跳巨大阳具的水手,我只是一直跟踪着那背对我的一张脸,渴望看清楚你的表情。

狂欢的队伍大约在清晨四时散去,我走遍一条一条的巷弄,在污秽、混杂着酒味和排泄物气息的窄巷中行走,总是在闪烁着街灯的尽头看见你长长的背影。

也许你将在黎明的光降临之前离去罢,当我追踪到金色寺院广场时,钟声正响五声,一群鸽子飞成弧线,我觉得脸颊上冰凉微湿,抬头看去,一片纷飞的白色雪花漫无边际地落下,我伫立凝望,觉得那正是你飞起的姿势，是吗？Ly's M，你终究以这样美丽的方式向我告别了。在下一个面具狂欢节的时刻，你仍将来临，借着我遗留给你的面具，翩然自灯火辉煌处降落。

一九九九年二月十四日　威尼斯

我走在这废弃荒芜的城中，
仿佛每一个巷弄都是你内在的心事。

肉身觉醒

. . .

我不知道是遗失了你，或是遗忘了你。我无法听到你的声音，我无法看到你的字迹，得不到你的讯息，甚至不再能确定你是否存在；存在于何处？存在于什么样的状态？

连我的思念也无法确定了。我开始疑问：我真的认识过你，拥抱过你，热烈地恋爱过你吗？

你最后说的话仿佛是："一切都如此虚惘。"

是什么原因使生命变得如此虚惘？亲情，友谊，爱，信仰与价值，在一刹那间土崩瓦解。Ly's M，在那最虚惘的沮丧里，我们还会记忆起曾经彼此许诺过的爱与祝福吗？

我行走在烈日赤旱的土地上。大约是摄氏三十七八度的高温，漫天尘土飞扬。我感觉到皮肤被阳光炙晒的烫痛，眼睛睁不开，日光白花花一片。我觉得在昏眩中仿佛有一滴泪水落下，落在干渴的土中，黄土上立刻有一粒湿润的深褐色斑痕。但随即又消失了。尘土飞扬起来，很快掩埋了斑痕；也许只有我自己仍记忆着有一滴泪落在某一处干旱的土中罢。

我走在热带丛林里一座被遗忘了数百年之久的古城废墟中。Ly's M，我的心和这古城一样荒芜。石柱倾颓，城墙断裂，藤蔓纠缠着宫殿的门窗。我在废墟中寻找你，寻找曾经存在的繁荣华丽，寻找那曾经相信过美与信仰的年代。

这个城叫作"吴哥"，在十世纪前后，曾经是真腊国繁盛的王都所在。贾雅瓦曼王修建了方整的王城，有宽广的护城河，架在河上平直的石桥。石桥两侧是护桥的力士与神祇，抓着粗壮的大蛇的躯干，蛇身也就是桥边的护栏，桥端七个大蛇头高高昂起，雕镂精细，栩栩如生，使人想见繁盛时代入城的壮观。

城的中心有吴哥窟，"窟"从当地"WAT"的发音译成，原意应该是"寺庙"。

这是被喻为世界七大奇景之一的建筑，一部分是城市，一部分是寺庙；一部分属于人的生活，一部分留给神与信仰。

宽阔的护城河，有一级一级的台阶，可以亲近河水，水是从自然的河流引来，绕城一周，好像河水到了这里也徘徊流连了。

河中盛开着莲花，粉红色和白色两种。白色的梗蒂都是青色，常常被缚成一束，供在佛前。

男女们都喜欢在水中沐浴，映着日光，他们金铜色的胴体，也仿佛是水中生长起来的一种莲花。

几乎长年都有富足的阳光和雨水，人的身体也才能如莲花一般美丽罢。

男女们在水中咏唱，歌声和流水一起潺潺缓缓流去。小孩们泅泳至水深处，把头枕在巨大的莲叶上，浮浮沉沉。他们小小的金色的身体晃漾着，好像期待自己是绿色莲叶上一粒滚动的水珠。

水珠在一片莲叶上是如何被小心翼翼地承护着。风轻轻摇曳，似乎生怕一点点闪失，水珠就要溃散失灭了啊！Ly's M，你知道，我如何也时时在谨慎祈祝中，害怕失去你，害怕你会在一刹那间消逝，如同那溃散失灭的水珠，我再也无处寻找。

"一切都如此虚惘。"

Ly's M，什么是不虚惘的呢？国家、朝代、繁华、城市，以及莲叶上明亮晶莹的一滴水珠。

我在这个荒废于丛林中的城市中寻找你。一块一块石砌的城墙，因为某一天一粒花树的种子掉进了隙缝，因为充足的雨水和阳光使种子生了根，发了芽。花树长大了，松动了城墙的结构。石墙被苔藓风蚀，被藤蔓纠缠，被植物的根侵入，石墙崩坍了。最后巨大的城市与宫殿被一片丛林淹没。蛇鼠在这里窜跳，蜥蜴和蜈蚣行走在废弃的宫殿的长廊上。Ly's M，经过好几百年，当这座城市重新被发现，到处都是蜘蛛结的网，每一个角落都麇集着腐烂发出恶臭的动物败坏的尸体。

"一切都如此虚惘！"

Ly's M，我们将任由内在的世界如此坏败下去吗？你知道一切的虚惘可能只是因为我们开始放弃了坚持。

我们光明华丽的城被弃守了。

我们放弃了爱与信仰的坚持。

我们退守在阴暗败坏的角落，我们说："一切都如此虚惘。"

我们曾经真正面临过历史、生命、时间与存在最本质的虚惘吗？

当我紧紧地拥抱着你的时刻，我知道那是彻底虚惘的吗？你的坚强的骨骼，你的饱满的渴望被爱抚与拥抱的肌肤，你的热烈的体温，你大胆表示着欲望的眼睛，你丰润鲜红的嘴唇，你的亢奋起来的身体的每一个部位，

肉身觉醒

Ly's M，我在那激动的时刻，觉得眼中充满了泪，因为，我每一次都经历着一种真实，也经历着一种虚惘。知道你的身体和青春，一如朝代与城市的繁华，一旦被弃守，就将开始败坏凋零，一旦丧失了爱的信仰，就将发出腐烂的气味；一旦把自己遗弃囚禁在窒闷的黑暗中，纷乱的蛛网就将立刻在身体各个角落结成窠巢了。

Ly's M，你真的看到过虚惘吗？

莲花池的水干涸了。莲花被杂草吞没。许多肥大的鳄鱼在泥泞中觅食。枯木上停栖着几只乌龟，伸长了颈项，凝视着暴烈的阳光，一动也不动，仿佛它们预知了虚惘，预知了生命与死亡没有差别的寂静状态。

你还要看更虚惘的景象吗？

那些用石块堆叠到直入云霄的寺庙的高处，高达数丈的巨大佛头，崩散碎裂了，仍然可以看到维持着一贯笑容的嘴角微微上扬。那样宁静端正悲悯的笑容，Ly's M，如同你在某一个清晨对我的微笑，而今，我应该了解，那一切不过是虚惘吗？

这里不只是一个倾颓的宫殿，这里是一个弃守的王朝，一个弃守的城市。因为敌人的一次入侵，他们忽然对自己的繁华完全失去了信心。他们决定迁都，他们决定离开，他们无法再面对现实中困难的部分。他们跟自己说："放弃罢！"于是这个繁华美丽的城市便被弃置在荒烟蔓草中了。

Ly's M，我们也要如此离弃爱与信仰吗？

我走在这废弃荒芜的城中，仿佛每一个巷弄都是你内在的心事，纠结缠绕在藤蔓，野草，虫豸和颓圮的石块中；但我仍然走进去了，走进那幽暗的、闭室的、微微透露着潮气与霉味的幽深而复杂的巷弄，看一看这个城市被弃守之后的荒凉。

Ly's M，我们的爱第一次如此被弃守了，如一座荒凉的城。

我攀登到城市的最高处，冒着倾颓崩垮的危险，爬上陡峭高峻的石阶，在断裂、松动的石阶上一步一步，渴望到达最高的顶端。那在遥远的高处向我微微笑着的

肉身觉醒

佛的面容，他闭着双目，但他似乎看得见一切心事的悲苦。

"他看得见吗？"

同行的一名穿黑衣的德国青年尖锐地嘲讽着。

是的，Ly's M，他看得见吗？

我们无法了解，为什么盛放的花趋于凋零；我们无法了解，辉煌的宫殿倾颓成为废墟瓦砾；我们无法了解，青春的容颜一夕间枯槁如死灰；我们无法了解，彼此亲爱却无法长相厮守；我们无法了解，侮辱、冤屈、残酷有比圣洁、正直、平和更强大的力量。

"他看见我们看不见的。"我想这样说，但我看着那穿黑衣的青年愤懑的表情，心中有了不忍。

我们或许还活在巨大的无明之中罢。我们无法知道爱为何变成了冷漠，信任变成了怀疑，忠诚变成了背叛，关心变成了疏离，思念与牵挂变成固执在幽闭角落的自戕的痛楚。

我在瓦砾遍地、蔓草丛生的废墟中思念你，Ly's M，如果这个城市是牢固的，它为何如此荒芜了？我们的爱，若是坚定的，为何如此轻易就消逝断绝了？

我要借着你参悟爱的虚惘吗？如同历史借着这城市参悟了繁华的幻灭。

那竖立在城市最高处的巨大佛像，仍然以静定的微笑俯瞰一切。

"他看得见吗？"

在我攀登那长而窄的阶梯，几度目眩、几度心悸、几度腿软，在放弃的边缘，也许是那名穿黑衣的青年一句愤懑的话语，使我安抚了急促的喘息、安抚了躁动起来的心跳，想看一看信仰的高处，究竟看到了什么，或看不到什么。

Ly's M，我走在步履艰难的阶梯上，想遗忘你，想停止下来，不走了，想退回去，退到不认识你的时刻；想告诉自己：一切究竟只是虚惘。

在炎炎的烈日下，我汗下如雨，气急心促，泪汩汩流溢。Ly's M，我看到许多无腿无臂的躯干，张着盲瞎

肉身觉醒　　141

的眼瞳，喑哑着声音，乞讨着一点钱和食物。他们嗡聚在一级一级的台阶上。他们匍匐着，在台阶上布满如虫蛆一般蠕动。他们磨蹭在石块上留下的斑斑血迹，重重叠叠，好像繁花，好像朝代的故事，一路涂抹在通向最高佛所的路上，而佛仍如此静定微笑。

"他看得见吗？"

我大约了解了那穿黑衣的青年苦痛的呐喊了。

八百年前这个城市被弃守了，他们害怕邻近强大起来的国家。他们把国都搬迁到河流下游去，重新兴建了宫室。但是战争并没有因此停止，灾难在数百年间如噩梦一般纠缠着这个似乎遭天谴的国家。

废弃的王城墙壁上浮雕着载歌载舞的女子。她们梳着高髻、戴着宝冠。她们流盼着美丽的眼神，袒露着饱满如果实的胸脯。她们腰肢纤细，如蛇一般微微扭动，裸露的手臂和足踝上都戴着饰满铃铛的金镯饰物。一旦她们轻轻舞动，整个宁静的王城的廊下便响起了细碎悠扬的乐音。她们丰腴的肉体在岩石的浮雕中散发着浓郁的香味，穿过幽暗的长廊，仿佛述说着一次又一次毁灭与战争的故事。她们对毁灭无动于衷，她们自己也常常缺断了头脸，或者眉目被铲平了，或者因为宫殿结构崩塌，她们的身体也分裂开来，变成被肢解的肉体。

Ly's M，许多人来到这里，是为了观看及赞叹八百年前王城伟大的工程和雕刻及建筑艺术的华美精致，那些因为年久崩颓而肉体分离的美妙的天女浮雕的舞姿，虽然残破，仍然使观赏者啧啧称奇。

那穿黑衣的德国青年从遥远的地方来，也是为了欣赏久闻盛名的艺术之美罢。但是，他似乎被另一种画面震惊了。他看到的不只是一个古代王城的崩溃瓦解，他看到每一个王城废墟的门口拥集着在战争中炸断手脚，被凌虐至眼盲、耳聩、面目全非的各式各样活人的样貌。他们匍匐在地上，向来至面前的游客们磕头，求乞一点施舍。瞎眼的，口中喃喃说着：谢谢，谢谢。喑哑的喉头咕噜着如被毒打的狗一般低沉而模糊不清的声音。炸断了手脚的，如一个怪异的肉球，在游客的脚下滚动攀爬，磨蹭出一地的血迹。

那穿黑衣的青年被眼前的景象震吓住了，他或许觉得"人"如此存在是一种耻辱与痛苦罢。如果"人"是可以如此难堪卑微如虫蛆般活下去，那么，那些宫殿墙壁上精美的天女舞姿，那些据说花费上万工匠精心雕凿的美术杰作，又都意义何在呢？

大河混浊着黄浓的泥沙，像一条泥泞之河，漂浮着腐臭的动物尸体和污秽垃圾，但是仍然汹涌浩荡地流下去。

Ly's M，我们会不会陷溺在这条泥泞的大河中，一切已开始腐烂败坏，却又不得不继续无目的地随波逐流下去。

不知道为什么，我恐惧你失去纯朴美丽的品质，远甚于我恐惧失去你。

我们若不认真耕耘，田地就要荒芜了。如同这样华美繁荣的城市，一旦被放弃了，就只是断砖残瓦的废墟。

我恐惧自己的改变，恐惧自己不阅读、不思考，不做身体的锻炼与心灵的修行，失去了反省与检查自己行为的能力。在镜子里凝视自己，看到肉体日复一日衰老，但仍能省察坚定的品格与信念，如同对你如此一清如水的爱恋。因此，我并不恐惧失去你，我恐惧着我们的爱恋也像许多人一样变成一种习惯，失去了共同创造的意义，变成一种形式，失去了真正使生活丰富的喜悦。

Ly's M，一个城市，没有努力活出自己的勇气，却以谈论他人的是非为口舌上的快乐，这个城市就不会有创造性的生活，也不会有创造性的文化。

但是，我要如何告诉你这些呢？我要如何使你在如此年轻美丽的岁月，不会掉进那些自己不快乐，也不允许他人快乐的愚庸的俗众的腐烂生活中去呢？

我凝视你，我想辨认我一向熟悉的你最优美的本质。我看到你在说话，嚅动的下唇上有一粒白色的脓点。我忍不住伸手轻轻触碰。我说："上火了吗？"

你被突如其来的动作打断，呆了一会儿，静下来，不再说话，但也仿佛一霎时不知道要说什么。

"痛不痛？"我问。

你仍然没有回答。

突然的静默横亘在我们中间。

静默似乎使人恐惧，但是，其实生命中静默的时刻远比喋喋不休的习惯重要；爱情也是如此，没有静默，是没有深情可言的。

我思维着我们之间的种种：爱、思念、欲望、离别的不舍、眷恋与依赖，但是，我们似乎也忽略了，各自在分离的时刻一种因为思念与爱恋对方而产生的学习与工作上的努力；在身体与心灵的修行上，我们都以此自负地进步着。如同每一次久别重逢，我们长久拥抱，在渴望对方的身体时，我们或许也是渴望着借此拥抱自己内在最隐秘、最华贵、最不轻易示人的崇高而洁净的部分罢。

我是如此真实而具体地爱恋着你。因为爱恋你而使得生命变得充实而且有不同的意义。

在圆月升起的夜晚，我低声读给你听新作的诗句；

在潮汐静静袭来的清晨，看黎明的光从对岸的山头逐渐转亮；在全麻的画布上用手工制作的颜料，一笔一笔描绘你的容颜；在世界每一个城市的角落思念你，仿佛你一直近在身边，是孤独与寂寞时可以依靠的身体，也是欢欣喜悦时可以拥抱的身体。Ly's M，你对我如此真实而具体，从来不曾缺席过。

你曾经担心我在长久的旅途中因为想念你而孤独，寄来了照片。那些照片是美丽的。但是，Ly's M，我无法在照片中想念你。照片里没有你热烈的体温，照片里无法嗅到你如夏日土地一般旷野的气味。照片里也没有使我感觉到你如同退潮时逐渐新露出来的沙地一般平整细致的肌肤的质地。Ly's M，爱无法被简化，我仍然愿意用一句一句的诗，细细地织出我的思念；我仍然愿意回到画布前，一笔一笔，用最安静眷恋的心，重新创造出深藏在我心中你全部肉体与心灵上的完美。

在我的思念和眷恋中，你不曾缺席过。

在走过最悲苦的土地时，都因为有对你的爱恋，使我相信一切人世间的境域都将如你的心地一般华美充实。

许多乞丐像觅食的苍蝇,麇集在外来的观光客身旁。观光客不断掏出钱来,他们给着给着,从原来真心的怜悯悲哀,变成厌烦,变成愤怒。他们似乎憎恨着自己的无情,"怎么可以对人间的苦难视而不见呢"!他们在心里不能饶恕自己。但是在战争中的受虐者实在太多了,那些无人照顾的孩子,三岁四岁,像被遗弃的狗,脏臭丑陋,围绕在观光客前"一元,一元",用怪异的英语重复着同样的词汇。

观光客掏光了所有的零钱,但是他们仍然不能饶恕自己,他们的慈悲,他们的人道主义都被这样一群一群多到无法计算的如弃狗一般的小孩弄得狼狈不堪。

原来慈悲这样脆弱,原来人道主义如此不堪一击。

那穿黑衣的德国青年颓丧地倚靠着一段墙,无奈地含着眼泪。而那如觅食苍蝇的孩童仍然紧紧围绕着他:"一元,一元。"他们使所有生存的尊严与意义完全瓦解,他们只是那么具体地告诉人们活着的下贱、邋遢、卑微、无意义。

我们的信仰都被击垮了，如同一座被弃守的城。

Ly's M，我彻底虚惘沮丧的时刻，流着不能抑制的眼泪，一次又一次呼叫你的名字，仿佛那声音里藏着唯一的救赎。

记不记得，有一次我跟你说："前世我们一起读过一段经，这一生就有了肉身的缘分。"

我相信这肉身中有我救赎自己的因缘。

在酷旱的夏日，我在心中默念着经文的片段，走到巨大如伞盖的树下静坐。静坐之初，许多动念，包括额上滴下来的汗水，包括你时时浮现的眼眸和嘴唇，包括嗡嗡在耳边旋绕不去的昆虫。感觉到闭目的静默外阳光摇晃闪烁，感觉到身体如此端坐里诸多欲望的纷扰，感觉到心事如此静定，而思绪繁乱，仿佛时时都在放弃与崩散的边缘，要在一念的专注里更恒久坚定守护，才不至于在半途的虚惘中功亏一篑。

Ly's M，你不会了解，你是帮助我守护爱与信念的力量。

在我重新从静坐中回来时，已是黎明初起的清晨。淡薄的雾气在树林间缓慢消散。初日安静的阳光一线一线在枝丫和叶隙间亮起。可以听见远处的河流上有了早起浣洗衣物的妇人，在水声和歌声里工作，把长长的绛红色的布匹在河水中漂洗。当我从意识中觉醒时，沉睡的肉身的每一个部分也才慢慢苏醒了起来。视觉微微启明，有光影和形状以及逐渐鲜明起来的色彩。我静静转动眼球，感觉视网膜上开始映照意识的层次。我俯耳谛听，在晨风徐徐里，即使鸟雀纷杂的吵闹啼鸣，也不曾遮蔽我如斯清晰地听到你此刻仍在酣睡中的微微鼻息，听见你在梦魇中怔忡挣扎。而我持续念诵的经文，终于使你远离梦魇惊惧，在清明醒来前的一刹那间有了思念我的满足的微笑。

我感觉到呼吸在鼻腔到肺叶中轮替的秩序。是肺叶中许多许多细小的空间，从完全的空，开始慢慢被吸入的气体充满。那带着清晨杉木与泥土清香的空气，如此饱满而具体地使整个胸腔充满。仿佛潮水渗入沙地，每一个空隙都完整地被流溢充满，到了没有余裕的空间。一种在饱满的幸福中缓慢地释放，每一个空隙徐徐呼吐出细细的气体。每一个空隙还原到完全空的状态，好像瓶子被注满水，又把水徐徐倒出。Ly's M，瓶子在被注满时的幸福，以及瓶子在等待被注满时完全虚空状态的幸福，也许是两种不同的喜悦罢，如同我拥有你和渴望、等待你是两种不同的快乐。

　　我感觉到轻触上颚的舌尖有着微小的芳甘，感觉到唾液在口腔四处的滋润。我以舌尖舔触牙龈，细数每一粒如贝类的牙齿排列的关系。我以舌头滋润嘴唇，感觉最细微的身体柔软的变化，仿佛舌头的柔软和嘴唇的柔软将彼此配合着发出声音来。

　　并没有声音。也许清晨静寂，我的肉身尚在觉醒之中。我盘踞的两腿重新感觉到肉身的重量。我微微转动足踝到趾尖，我感觉到小腹到股沟间一种体温的回流，仿佛港湾中的水，在那里盘旋不去了，使全身微微热起来的力量，便从那里缓缓沿着背脊往上攀升，穿过腰际两侧，到肩胛骨。仿佛攀登大山，在艰难的翻越过后，有小小的停息，尔后再从两肩穿越颈项，从脑后的颅骨直上头顶的巅峰。

　　我要如此做肉身的功课啊！

　　也许因为荒怠了肉身的作业罢，我们才如此容易陷溺在感官的茫然中，任由感官欲念的波涛冲击，起起伏伏，随波逐流，不能自已。

　　肉身的作业，是在肉体上作理智的认识，重新认识一个纯粹由物质构成的身体。肌肉，骨骼，毛发，每一个器官的位置和条件，呼吸和血流的秩序，心跳脉动的节奏，Ly's M，我这样重新认知了自己的身体。仿佛再一次走进废墟瓦砾的吴哥城，看到一切残坏坍塌的柱梁楣栱，看到物质结构的瓦解崩颓，不再有感伤的动念，只是从物质的成住坏空上知道了自己肉身的极限。

　　"一切都如此虚惘！"

是的，我深爱的Ly's M，我在肉身里了悟虚惘。我在肉身里的眷恋、贪爱、不舍，其实也正是去修行肉身的基础罢。

今日在大树下静坐，肉身端正，一心思念你。有时心中震动，眼角渗流出泪水。泪液在脸颊上滑下，感觉到一种微湿冰凉，但瞬即也就消逝。

静坐中有四处走来的人，他们彼此嬉笑推挤，争先恐后抢占树下的一席之地。我知道他们是我在荒芜的城中遇见过的人。他们大多是贫穷者、残疾者、痴愚者，断腿缺手、瞎眼或喑哑。但是他们和我一样，都如此贪爱肉身。我可以感觉到那双腿从膝关节以下锯断的男子，努力着在树下把剩下的腿股摆成盘踞的姿势。他努力了很久，终于找到一个满意的样子，别人看起来仍然歪斜可笑，他已是一心端正着静默起来了。我耳边听到那喑哑的喉咙，含糊不清地唱赞着经文，据说是在战争的大屠杀中被虐害，割去了舌头，以惩罚他在革命前以歌声闻名的罪，Ly's M，我在那喑哑古怪的喉底滚动的声音

肉身觉醒

里听到了他未曾失丧美丽一如往昔的声音。

我在树下静坐,与这些肉身为伴侣,知道或许一起念过经文,来世还会有肉身的缘分,如同此时的我和你。

在这个荒弃在丛林的废墟,在一切物质毁坏虚惘的现世,在大屠杀过后的战场,四处是不及掩埋的尸体。活下来的众多肉身里,无舌、无眼、无耳、无鼻、缺手、断腿。Ly's M,我是在这样的道场开始重新修行肉身的功课。

那名在战争中被酷刑剜去了双目的美术老师,颤动着她深凹瘢疤的眼眶,似乎仍然看到了琉璃或琥珀的光华,看到了金沙铺地,以及满天坠落的七宝色彩的花朵。

我们不知道,为什么眼、耳、鼻、舌,犯了如此的罪业。剜眼、刺耳、割鼻、断舌,肉身的一切残害似乎隐喻着肉身另一层修行的意义。

但是,我还不能完全了悟。

如同我还不能知道为什么我们的肉身相遇或离弃。

不能完全了悟虚惘与真实之间的界限。

在这个细数不完战争罪行的场域,田地里仍然掩藏着遍布的地雷。每一日都有无辜的农民或儿童，因为工作劳动或游玩发生意外。每一日都增加着更多肉身的残疾者。他们哀号哭叫，在简陋的医疗所割锯去腐烂的断肢，草草敷药包扎。不多久，就磨磨蹭蹭，尝试着用新的肉身生活下去。磨磨蹭蹭，挤到庙宇的门口，和毁坏的城市一起乞讨施舍。

毁坏的城市曾经华美繁荣过，毁坏的身体也曾经健全完整过。

在无眼、无耳、无鼻、无舌的肉身里，依然是色、声、香、味的世界。

我看到那愤懑的穿黑衣的青年也自远处走来树下，在与众多肉身的推挤中，他也将来树下一坐吗？

Ly's M，我也看到了你，我知道，在色、声、香、味、触的世界里，我还要找到你，与你一同做肉身未完的功课。

一九九九年三月　柬埔寨

『你是否安然无恙?』
我的祈祷文中只有一句,
但我的眼已被泪水充满。

在波希米亚的
时候

. . .

Ly's M，长久以来，我一直梦想着带领你去看广大的土地。没有山，没有房舍遮蔽的草原，视觉可以达到很远很远。像你酣睡时的身体，微微起伏的线，连绵不断的线，层层叠叠，平坦而又和缓。使人觉得可以躺卧，可以没有顾虑地沉睡，用一千年的时间做一个梦。醒来时，仍然是微风吹拂，草原如海浪的波涛。也许起身四处闲散走一走，或从草坡上斜斜滚下去，或者仍然睡着，继续做一个一千年的梦。Ly's M，因为土地广大，岁月也变得迟缓，睡梦和现实之间没有了太大的差距。我们匆匆醒来，又匆匆睡去，已逼近另一个千禧年了。

我想在那样的土地上拥抱你，亲吻你，和你共有一个长达一千年的梦。

车子在广大的土地上行走。路延伸到遥远的天际。夏末秋初，土地上残留着收割后的麦梗，一种明亮的金黄色，错杂在青绿的草坡之间。

土地中有歌声响起，是工作中的农民，在农忙之后，用沉厚的声音咏唱起来。歌声在空旷的原野上好像无止无尽的回声，从四面八方，加入了许多人的和声。

这个地方，在古老的语言中被称为 Bohemia。

波希米亚,关于这个字汇,你会不会也有许多联想？

或许曾经是流浪的族群的原乡罢，波希米亚，仿佛是乡愁的原点，人们从这里出发，走到天涯海角，但是，心里永远惦记着故乡，是不能忘怀的故乡，是遥远的故乡，是再也回不去的故乡。如同你，Ly's M，我在世界的每一个角落想念你，你是我心灵乡愁的原点，在一张庞大而繁杂的地图上,我流浪的踪迹始终从那原点出发,也渴望着回到那看起来渺小的原点。

人们是怀着对一个原点的爱与思念去流浪的。

所以那土地里的歌声便随着流浪者的乡愁传唱到很远很远。

歌声里有对土地的眷恋,有对故乡的思念,但随着愈来愈远的流浪,随着回不去的忧愁,歌声中便有了哀伤。

好像草原上空飘浮的白云,波希米亚注定了流浪的宿命。

流浪和定居是多么不同的两种概念。

天上的云,流动的伏尔塔瓦河,风中的种子,都是流浪的;流浪是对土地的背叛,拒绝安定,拒绝领域和界限。波希米亚,是在风中飘飞拒绝落土生根的一粒顽强的种子。

流浪也常常与战争有关。

我在土地中听到历史的哭声。许多马蹄践踏过麦田,烧毁了农舍，放起熊熊的大火。女子被兵士奸淫，婴儿和牛羊一起遭受屠杀，鲜血浸润着土地。红如矿石的土地上，更增加了流浪者的队伍。他们出走，想寻找没有战争的地方，寻找可以把牛羊和婴儿养大的地方。他们成群结队，走过一个又一个被烧毁的村落，决定永不停止地走下去。

歌声中除了对土地的咏唱，多了流浪的忧伤，也多了哭声和马蹄声。

鲜血汇流成为更汹涌澎湃的伏尔塔瓦河。

Ly's M，在这片广大的草原上行走，仿佛你就在身边，依靠着我。有时有哭声，有时从噩梦中惊醒。我一次又一次用歌声安慰你，使你不再畏惧，可以安稳入睡。

流浪的民族有特别美丽忧伤的歌声。在漫无边际的流浪中，歌声使他们有了汇聚的呼唤。此起彼落，前呼后应，歌声使乡愁变成一种信念。

我走过一些古老的修道院，很朴实的岩石砌成的尖塔，低矮谦卑的回廊，温和优美的拱门，方整的庭院。

修行者在钟声响起时抬起头看庭院中日色已斜，他放下手抄了一整天的经文，走到祈祷室，和在墙壁上描绘圣像的画工闲谈了一会儿。画工说：今天又有一队农民出走，把麦穗驮在牛背上，女人抱着婴儿，男子背负沉重的农具，向南走去了。

修士皱起眉头问：南边没有战争吗？

他端详画工新画好的受难图，受难者脸上有特别慈爱悲悯的表情，低垂的眼睛仿佛噙着泪水。

画工用赭土打底，等干了以后，先拿烧成炭的柳枝勾绘线条，然后按照老师傅的方法把一钵一钵的矿石研磨成色彩美丽的细粉。他选择出最华贵的蓝色（用土耳其孔雀石磨成细粉后闪烁着宝石的光），他谨慎地在钵中倾倒进一点调和着醋的蛋清，使矿粉可以附着在墙壁上，他也已经懂得从北方画师那里学到的在矿粉中加油的技巧，使墙壁上的圣像多了一种光泽。

在天色暗下来的时候，他点起松脂的火炬照明。修士在跳动的火光里看到每一尊圣像宁静的面容，仿佛从

在波希米亚的时候　163

幽暗的墙壁上显现的神迹,仿佛在战争、屠杀、奸淫,在巨大的哭声与叫声中唯一安静的歌声。修士自己眼中充满了泪水,便跪在一尊受难像下,静静念起祈祷文来了。

Ly's M,为什么有时我是在泪水中醒来,发现你并没有依靠在我身边。你在流浪的途中遭遇到什么?你经过的林庄是否还安然无恙?大树上是否不再有悬挂的尸体?伏尔塔瓦河的水波中没有血痕?长大的婴孩已拿着野地的花朵蹒跚行走?Ly's M,我们好像走过一千年的土地,在战争和屠杀中历劫而来,洗净了血污,第一次可以在幽静的河边彼此凝视,辨认流浪于生死途中饱经风霜的面容。

"你是否安然无恙?"

我的祈祷文中只有一句,但我的眼已被泪水充满。

我拿起照明的松脂,在天色降暗之后,Ly's M,我知道只有在那仍然留白的墙壁上有你最美的容颜。我细细端详那片墙壁,看到你隐约的五官在向我微笑。我举高一点火炬，你额头上饱满的光就更明亮一点，你仍然带着忧伤的眉宇下有着特别清澈的眼睛，流动着如同伏尔塔瓦河的水光。Ly's M，你一定要这样永久微笑着，使这面墙壁成为历史上的圣殿，使每一名在战争与屠杀中受苦的流浪者在这里找到安慰与祝福。我要用最昂贵的矿石研磨成如石榴般鲜红的色彩，它们将一笔一笔在墙壁上沾润出你微笑着的嘴唇的形状，柔润的、饱满的、充满祝福与安慰的微笑，那么确定地显现在神迹般的墙上。

Ly's M，我们要在那一面斑驳的墙上彼此相认。

每一次出走和流浪都是为了要久别重逢。

旷野中有浩荡的歌声，他们从低沉的和声里找到了可以高声齐唱的基础，他们发现此起彼落、前呼后应便是歌声可以流传久远的原因。

歌声使马蹄声逐渐远去，歌声和伏尔塔瓦河的水流声合唱，歌声成为波希米亚草原上远远吹去的风，使草叶和麦浪翻飞，使太阳的光影和云的流动一起奔驰，使大地起伏，路连绵到遥远的天边。

我在盛大的歌声中想起我的乡愁，我的流浪，以及我永恒爱恋的土地和你，Ly's M，我大步在旷野上行走时，觉得你微笑的面容一直伴随着我。

我遇到了那名念祈祷文的修士，我遇到了那名在修道院墙壁上彩绘圣像的画工，他的名字在墙壁的角落被发现，用工整的拉丁文写的：Theodoricus。

我也遇到了在草原上用乐谱记录歌声的作曲家，他一个村庄一个村庄地行走，静静地坐在大树下听远方传来的农民的歌声。他在曲谱的扉页，用新的民族语言写下了音乐交响诗的题目：我的祖国。

一九九九年八月八日　波希米亚

我没有遗忘,我是用更多细密的备忘录,使你成为永恒的记忆。

Ly's M,
我回来了

. . .

在流浪过许多地方之后,回到这个岛屿,回到距离你很近的地方,回到你的身边。可以拥抱你,抚摸你,听你羞赧不清楚的声音,感觉你在初入秋的夜晚温暖的体温。

你是近在身边吗?

我恍惚间好像从一个长久的梦中醒来,发现不是回来和你相见,而是告别。

我在遥远的地方思念的你,是否更具体、更真实呢!

C 说，我从来不曾爱恋过你。她说我爱恋的不过是我心目中一个完美的幻象而已。

是吗？这个我分分秒秒思念牵挂的对象竟然只是一个幻象吗？

那么我之于你呢？是否也只是一个幻象？

我们是在虚幻中相见与相爱吗？

在幻象觉醒的时候，我还眷恋不舍吗？我明明知道那是幻象，还愿意把这虚幻之象执着成真实的存在吗？

在暑热刚刚消退的季节，我窗前的河水异常澄静，几乎是透明的，映照出碧蓝的天空和白色的云朵。这是你看过的风景吗？我以为对你有深刻记忆不能忘怀的风景；但是，也许只是我临流独坐在窗台前打盹间刹那的一个梦境罢。

秋天的光是接近银灰色的，像一种会发出声音的金属，在水面上泛着冷冷的光。一名熟悉的水上警察局的警员把巡逻艇驶近我的窗台。他在船头微笑。他的橘红色的制服衬托着黝黑深褐的皮肤，使人记得阳光明亮的夏天刚结束不久。

"上来喝杯茶。"他说。

"没有码头，可以泊岸吗？"我在窗台上回答。

他笑了笑，在船头上脱去了制服，穿着一条短裤，跳进浅水的河岸，踩着泥泞，像一只蹦跳的鱼，不到两分钟，已经站在我面前了。

他去浴室，把脚上的泥冲洗净了，拿了一条大毛巾擦干。我也正好沏好了茶，连茶盘一起捧到窗边的小几上。他从小碟中捡了一颗梅子含在口中，然后满意地坐下来，盘着腿，把热茶盏凑近鼻前。揭开盖子，一缕热气白烟夹着茶的香气，他深吸一口气，非常满足地说："真好！"

是什么"真好"？他指的好像不只是茶，不只是梅子，不只是窗前的小几；窗外一条正在涨潮的大河波光粼粼，不只是大河上浮泛着秋日银色透明的光，不只是一个近傍晚的下午可以这样偷闲坐在朋友面前相对无言。

Ly's M，我不确定是什么使这个朋友满足地说："真好!"而我也觉得"真好",觉得茶与天上的云,面前的人与河水,我和一碟青梅,都天长地久,永远在那里。或者,也没有在意永远或不永远的事,只是一种自在罢。

那是告别你之后很安静的一个下午。西边晚霞绚烂的光,投射在河对岸大楼的玻璃上,流动着淡而薄的一种粉红。它们很近似的粉红色饱含着感伤、欲望、眷恋,但是,我知道那是告别了。

"一开始我就知道那是一本告别的书。"我说。

"很多人把它当作恋爱的书来阅读。"

"它是一本恋爱的书,但一开始我已经知道整本书只是为了阐释告别。"我提醒他,"你不记得那一只玻璃杯吗?"

"玻璃杯?"

"握在童年的我手中的杯子,一开始就破碎了。"

"那么为什么继续不断写下去?"

"书写首先是一种自我治疗罢。"

"治疗自己?"

"是的。"

"对其他的人呢?"

"应该没有意义。"

"但是许多人在阅读。"

"与我无关,那是他们的事。"

Ly's M,我其实已记不起你的容貌。你是不是有常常锁紧的眉毛,郁暗的眼神?

你是否刻意把额前的发蓄长,用来遮盖太过高的额头?我为什么仿佛在备忘录一般努力确定那在消失与遗忘中的许多细节,仿佛觉得应当在遗忘前非常认真地记忆一次。而那些备忘的细节是我在确定要和你告别时便做好的功课罢。

我用了告别之后大约两个星期的时间把有关你身体的备忘录写完,好像埃及人处理一尊尊贵的尸体。他们切开腹腔,把内脏一一取出,药物处理后,依序放入陶罐中,以蜡密封好。他们也以细金属丝从鼻孔穿入,掏出死者颅内的脑，必须掏得很干净，再以陶罐盛贮。在内脏和脑处理干净之后，这尊躯体才以盐擦拭，使身体中的水分吸干，涂上香料和药物混合的防腐剂，以细亚麻布一层一层包裹起来。

Ly's M，遗忘是一件艰难的事。

用埃及人的方法，把一尊爱恋过的躯体一点一点包扎密封起来，如同我在笔记上对你的身体做的细密的备忘录。那里有你身体容貌的每一个细节，从骨骼到毛发，从你的声音到眼神。然而，我知道，所有埃及人处理成木乃伊的身体，无论多么精密，毕竟已遗失了生命本身。

那本备忘录将深藏在金字塔底层不为人查寻的角落，沉睡一千年、两千年、三千年，也许更久。在最坚硬的岩石也坍塌风蚀之后，或许会露出一点点端倪，然而那时，备忘录中的文字也已无人可以解读了。

这是一个艰难的遗忘过程。我没有遗忘，我是用更多细密的备忘录，使你成为永恒的记忆，成为在时间与岁月中被封冻冰存的一具完美的记忆的尸体。

你以为那是一种遗忘吗？或是一种更深的使记忆永恒封存的方式。

在满月潮水上涨的时候，我把曾经放在案头的一面沙屏带到河边。沙屏是用两片玻璃合成，中间以蓝色的液体浮游着细细的铁沙。玻璃用金属固定在铁座上，每次调整位置角度，屏中的细沙随蓝色的液体流动，仿佛海浪，仿佛流云，有许多变化。

Ly's M，你曾经在我的案头拨弄那面沙屏，像专注于游戏的孩子，目不转睛，看着沙与液体缓慢流动。

我在潮水涨满的时刻，把沙屏从铁座上拆卸下来，把沙屏平放在水上，沙屏如一片排筏，在大浪上漂浮了一下，随后在波浪中沉没了。

在不可知的海底，它金属的铁框会逐渐锈蚀，玻璃或许破碎，或许被海底的贝蛎草藻缠绕，不再透明发亮。蓝色的液体和细沙都更像应该回到海洋原本的状态罢。我终于知道，它们一开始就注定要回到那邃深幽暗之处，它们在我案头被阳光明亮照耀的时日也只是那更深的海洋处所回忆的片段幻象罢。

这是一年月亮最圆满的一个夜晚。这是这个一千年来最后一次月亮最圆满的夜晚。我在满月的光华中使沙归回为沙，使水归回为水，使流动的液体与水波一起逝去，使岁月在岁月中消逝，使我们相认与相眷恋的岁月在浩大的不可知、不可寻觅、不可索解与不可辨认的茫漠岁月中消逝退远，如同那在大潮的波浪上载浮载沉而终究沉没无踪的沙屏一样。

刚刚发生过的巨大地震，使这个一向沉迷于月圆节日的地方变得异常荒凉。这是一千年来最后一次的月圆了。大约在这个一千年刚刚开始，一个站在河边的诗人写下了"月有阴晴圆缺"的句子。"圆"有特别的意义吗？那些用最坚硬的玉石碾磨成的玉璧，长久以来，寄托着圆满、团圆等等祈愿与祝福。

然而，月亮是照例圆满了。我捻熄了灯，一屋子都是满满的月光。朋友们静坐几个角落，都沉默不语。

圆满的月亮升在宁静山河的上方。因为灾难，暂时隐匿不出的生命使大地看起来如同洪荒。圆满的月亮与大地震动无关，它照例圆满，但圆满对灾劫中的生命仍有特殊的意义吗？

圆满的月亮升起在城市的上方。因为地震倒塌的楼房相互堆挤叠压，是被不可知的巨大命运的手捏碎的、推倒的。许多寻找不到的尸体仍在瓦砾堆中，许多幸存的人徘徊在瓦砾堆旁，用期盼不舍的眼睛看着残破的废墟，仿佛期待这样目不转睛的凝视，可以使死者复活，可以使失踪的亲人出现，可以使奇迹出现。

我们常常这样睚眦欲裂地凝视着什么吗？如同我在窗口凝视你的出现，如同在一个书店的旋转梯下凝视一种奇迹，如同在许多异乡的城镇凝视那个你下一刻即将现身的街角，如同那些在瓦砾废墟间我汩汩遏止不住的泪水。知道再专注的凝视都救不起那些死亡，所有圆满的月光下都是渐行渐远的背影，以及在荒凉的死域中那些随风飞舞的纸灰，纷复迷离，使凝视也只是绝望。

死者的名单一再传来，死者的数目一再增多。那长长的名单中小小的字体，读起来陌生而又熟悉。与我无关，又都仿佛亲人。Ly's M，为何我在每一个行间都阅读到你的名字，重复重叠出现在每一个角落。那是你吗？我惊恐、疑虑、慌张、心痛如绞，知道每一个幸存者都如此与死亡贴近，与每一具残断模糊不全的躯体贴近，想用全部的身体去再一次感觉那躯体的呼吸、心跳与温度。

大地起这样的震动，使我警悟眷爱的痴顽愚昧吗？大地起这样的震动，使我看到坚固的岩石钢铁如何断裂，看大山如何倾倒，土石如何崩颓，河流与海洋如何截断、逆流，哮叫而奔腾。

大地起这样的震动，要断灭我凝视的专注，要彻底撕裂我执着缠绵不舍的牵挂与思念吗？

Ly's M，我们终结在大地震动的断灭之中，如同一只小小的玻璃杯的断灭，我们只是活在大大小小不同的断灭之中而已。"来日大难，口燥舌干"，还有更大的灾劫在生命的前途等候。在哭叫，各自奔逃的时刻，我竟还想回头看望；但是，山崩地裂，烟尘弥漫，如同那古老寓言中的警告，我一回头，就将是僵硬不动竖立的盐柱。Ly's M，你走过时，如何辨认我已被火焚风蚀的容颜啊！

Ly's M 我思念你。在巨大的灾难中，知道拥抱终究无法拥抱，亲吻终究无法亲吻。知道如何紧紧牵握交缠的手指都终究要放开分离；知道我如何眷恋不舍的一次又一次的抚触，终究再也无法使冰冷的躯体重新恢复温度；知道或许没有任何原因，只是缘分已尽已了。所以再深情的凝视，也看不到你从街角或窗口出现；再重复的叮咛，也呼唤不起任何声音的回应。我站在土崩瓦解的大地上，看零乱的废墟，嗅闻空气中开始腐烂的肉体的气息；看到惊逃的野犬和蜥蜴，摇摆着尾巴；听到瓦砾下犹有婴儿的哭声，听到我自己在荒寒的风中哀伤的哭泣。Ly's M，大地要起这样的震动，使我知道爱恋的断裂崩殒联结着天地的变灭。我们用一千年准备了一次相认，在这相认的时刻，与岁月纠缠。我在世纪的河岸等候,在千年的临界止步,觉得与你还有一千年的缘分未了,为何天地就开始震动了,要用众多生命的死亡来祭祀一次相认与告别。

砖、瓦、木材、水泥、钢筋,大地的震动使我们知道没有一种物质是真正坚固的;Ly's M,我至爱的你的身体,是坚固的吗?或亦如物质般脆弱,将随大地的震动崩溃肢解,将随风化流逝,是我再深的爱恋也无以挽留的啊!

Ly's M,因为你,我才能如此真实地去认识这个世界,知道爱恋你是一种真实,而在失去你的时刻,思念与牵挂也如此真实。我们存在于一层薄而又脆弱的地壳表面上。我们始终不愿意相信,我们脚下的泥土是一直在移动的;它们并不坚固,它们每一分每一秒都在旋转。它们的旋转也不会因为我们的恐惧、祈愿,有任何的改变。它们有自己存在与运行的规则,是比我们更大的存在与运行。

Ly's M,我们称为毁灭的,并不是毁灭;也许只是运行的规则罢。关于地壳板块的组织，关于它们的挤压或移动，我们所知有限。如同在汪洋大海间栖居于一小片浮叶上的蝼蚁，我们觉得大地震动了，而对于汪洋大海而言，只是一点小小的波浪的起伏罢。Ly's M，我是在以浮叶上栖居的卑微恋爱着你吗？我以为紧紧拥抱你的时刻天地都要因此静止，风停、浪静，浮叶不再摇动。Ly's M，我执迷于贪嗔痴爱，因此看不见四面都是汪洋大海。

  是的，大地起如此巨大的震动，使房屋倒塌，使山陵塌陷，河堤溃决，使生命的躯体哭叫奔逃，使一夕间天崩地裂。Ly's M，我想起常常读的汉诗句子，"山无陵，江水为竭，冬雷震震，夏雨雪，天地合，始敢与君绝"。那样决绝的赌咒与发誓，在天崩地裂的大毁灭中，犹信念着我们是以一千年的时间来相认的，此去千年，爱别离、怨憎会，或者求不得的伤痛苦恼盼望，我们也都无念无悔。

  在一千年的漫漫长途上走走停停，Ly's M，我们

Ly's M，我回来了 181

相认、告别，告别、相认，每一次告别都伤痛欲绝。也许，在哭过的地上，青苔滋蔓，连走过的屐痕都不可辨识了。你却坐在另一株树下，在满天的花蕾中与我微笑相向。我泪痕未干，也只有破涕而笑，与你再次相认。

一九九九年十一月十一日　八里

也许,记认和遗忘竟是同时并存的一种因果。

尾 声

. . .

大部分时间，我在三万英尺以上的高空书写有关Ly's M 的系列篇章。云层遮蔽了向下俯瞰的视线。云层涌动变幻，形成可以联想或不能联想的形状。有时在书写中睡去，握着笔，停在某一个稿纸的空格上。醒来时，窗外皓月当空，一片银色的光，泛着幽微的灰蓝。或许觉得梦中有依稀的泪痕，却又往往破涕微笑，觉得浩大的寂寞里仿佛有微微的体温，如此熟悉，是千百劫来流转于生死途中可供记认的志号罢。

Ly's M 犹豫忧愁，内心柔弱彷徨。当你从书店的旋转梯走下时,我知道,经过几世的流转,要在此刻与宿命相认。

也许,记认和遗忘竟是同时并存的一种因果。

Ly's M,我时时记认,是为了时时遗忘吗?

终有一日,在另一个不可知的旋转梯的某处,我们或许再也认不出彼此。在另一个一千年的尽头,写给Ly's M的种种,灰飞烟灭,也不再有人可以记忆辨识罢。

Ly's M 有一年的功课,我也有一年的功课。

我们肉体与心灵的修行都异常艰难。

港湾里巨船进港的沉沉汽笛鸣叫,伴随着Ly's M微微入睡时的鼾声。我起身伫立窗前,脚下灯光繁华如此,如同Ly's M,你久经我抚爱的身体,夜里惊寤的刹那,我于此世繁华,竟无欣喜,也无悲悯。

我在你离去时允诺一年的书写,时断时续,或亢奋激动,或一时沮丧绝望,几至停笔,终于在这千年交界时刻完成。我其实无法了悟,允诺完成的意义;一时茫然,只是怔忡发呆而已。

完成的功课,交到你的手上,我期待被嘉勉鼓励吗?或是只为自己艰难走来,终于可以如释重负。

答应过你,Ly's M 只是我们的隐私,与任何他人都无关系。你也如此允诺,在众多喧哗中,我们只记认了彼此能够辨识的笑容与体温。

一九九九年十二月二十日　马来西亚

2010 经典版评述
如伤口如花，爱情兀自绽放

阮庆岳

. . .

是一本以一年以十二封书信，对一段刚消逝爱情作追忆的似水年华书写。

在忏情与自我思索间时时彷徨踯躅。因为，爱情与道德总交错织锦，岔路口屡屡或共行或分道而驰，肉身期盼觉醒如春日的花，波希米亚的召唤也浪涌如神谕，却总有爱情的想象阻路，如神祇如形而上的哲学，悠悠难跨越。

叙述者时而端庄如成年者，忽又纯净简单如孩童，话语指向则悠乎在一人与普众间流转，仿佛一盻目，便可天上人间。是啊，进入若需蒙恩宠，离去仍要许可吗？是啊是啊，迎迓与告别的身姿可以不同吗？有如，眼泪究竟应是象征悲或喜呢？

虽是本告别的书，也是本期待的书。期待一种新的生命可能，是对诞生的祷语。

当然也嗅闻得关乎背德与救赎的回思。恰如纪德在《地粮》里所写：

奈代奈尔，现在我已不再相信罪恶。

是的，这本书对于爱、对于哀伤，与对必须热烈生活的态度，皆让我想起纪德。就再读一段《地粮》吧！

奈代奈尔，不要以为我会滥用这一类的寓言体裁，因为就连我也不十分赞同的。我希望教给你的唯一智慧是生活。因为，思想是一种重担。我年轻的时候，由于不断监视自己的行动而疲惫,因为那时我无法肯定是否不行动就可以避免犯罪。

于本书,也许有更多的生命检视与自我厘清,有如走索人忽然回望的灼灼目光。因此,自然透露了更多的口岸与讯息,仿佛那急着传递密码的谍报员,在报讯的神秘与期待被了解的两难间,特别透露出来的某种困惑与迟疑,以及因之而生的犀利与重要。

这,究竟是小说还是忏悔录?或说,这二者的差别是什么?

因为这是本既淡也浓的书,一如所有亘古的爱情,渺渺幽幽。作者亲身带领我们走过这样某个或许曾临的花季,而我们都知晓这一切的短暂与必然,因为那正是伤花与葬花的生命过程。然而,却不能知这一切作为记忆的必要,到底该有多少?恰如那一地缤纷又泥泞的花瓣,究竟是美还是悲,是路途还是终点。

作为一年的分离承诺,当然可以终于结束,但爱情依旧叩敲门窗,如风雨如啼鸟,日日于你我的生命屋宇。

如是,我们应该要感谢爱情,以及关乎爱情的一切,譬如此书的诚恳坦露与书写。因为即令爱情必然终将如伤口如花,也依旧会兀自绽放的……